소시지와 광기

WURST UND WAHN Ein Geständnis
by Jakob Hein

First published under the imprint Galiani Berlin
Copyright ⓒ Verlag Kiepenheuer & Witsch GmbH & Co. KG, Cologne/
Germany, 2011
All rights reserved.

Korean Translation Copyright ⓒ MUNHAKDONGNE Publishing Corp.,
2025
The Korean language edition published by arrangement with
Verlag Kiepenheuer & Witsch through MOMO Agency, Seoul.

이 책의 한국어판 저작권은 모모 에이전시를 통해
저작권사와 독점 계약한 (주)문학동네에 있습니다.
저작권법에 의해 한국 내에서 보호를 받는 저작물이므로
무단 전재 및 무단 복제를 금합니다.

소시지와 광기

야콥 하인 장편소설

박경희 옮김

문학동네

일러두기

1. 주석은 모두 옮긴이주다.
2. 본문의 고딕체는 원서에서 강조한 부분이다.

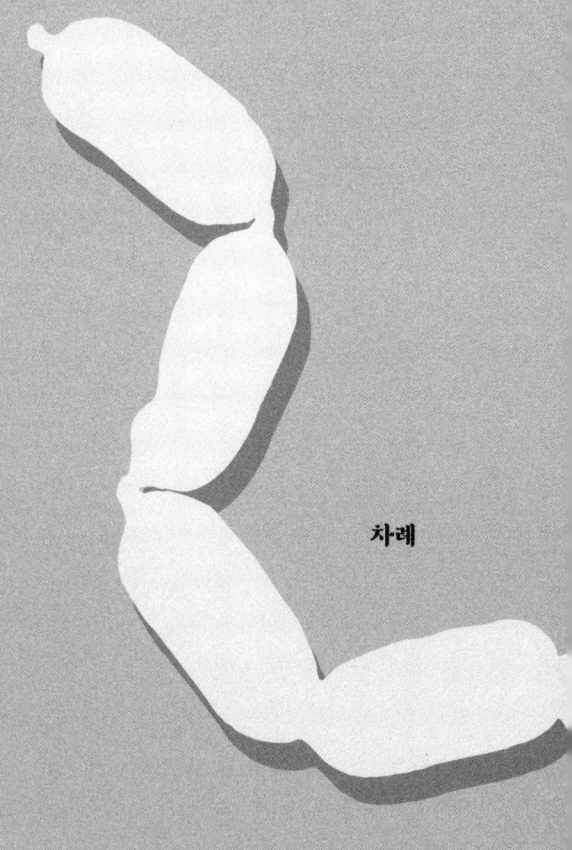

차례

소시지와 광기   9

옮긴이의 말   129

여기 놓여 있는 조서는 중개인의 손을 거쳐 우리에게 양도된 것이다. 개인정보보호법에 의거해 저자와 출처는 밝히지 않는다. 우리는 이 문서의 출간을 모두가 환영하지는 않을 것임을 알고 있다. 특히 대규모 두부 기업연합의 몇몇 고위간부는 이 책을 분명 마음에 들어하지 않을 것이다. 그럼에도 우리는 진실을 알리고자 하는 사명감으로 출판을 결정했다.

공교롭게도 채식주의자가 피 흘리며 누운 모습을 보고 있자니 혼란스럽고 기분이 묘했습니다. 그러나 형사님, 저는 기쁩니다. 모든 게 끝났다는 것이 기쁘고 홀가분합니다. 아시겠습니까, 제게 그는, 한때 저 자신이 그랬듯 어디까지나 채식주의자였단 말입니다. 채식주의자란 무릇 과일, 채소, 곡물 같은 것을 제 속에 욱여넣는 사람들이죠. 그의 죽은 고깃덩어리와 붉게 흐르는 피는 어울리는 그림이 아니었습니다. 그러나 이미 말씀드렸다시피, 저는 드디어 모든 게 끝났다는 사실이 기쁩니다. 이 모든 게 살인과 유혈극으로 이어지리라는 것은 정말로 예상 밖의 일이었고, 저는 놀란 마음으로 스스로에게 되물을 뿐입니다. 더 무슨 일이 일어날 수 있었을까 하고요.

형사님은 제게 포괄적인 진술을 요청하셨고, 저도 기꺼이 요청하신 바를 따르려 합니다. 모든 일을 있는 그대로 말씀드리지요. 그러나 사건의 전모를 밝히려면 좀더 먼 과거의 일부터 끄집어내야 합니다. 제 변명을 늘어놓으려는 의도는 아닙니다. 형사님을 지루하게 만들 생각은 없지만, 하나를 언급하지 않고는 다른 하나를 설명할 도리가 없군요. 마지막에 조서는 걱정하지 않으셔도 된다고 약속드릴 수 있습니다. 하지만 그러기 위해 저는 소위 아담과 이브 적 얘기부터 시작할 수밖에 없습니다. 아주 나쁜 비유는 아니군요. 선악과에 손을 뻗은 것 자체가 어느 정도는 제 이야기의 원죄일 수도 있으니까요.

형사님, 저도 제가 당시 어떻게 채식주의자가 되었는지 겨우 재구성만 할 수 있을 뿐입니다. 그 이상은 이해하지 못하겠습니다. 수년 전부터 채식주의에 대한 영화나 책들이 있기는 했지만 전혀 무해한 수준이었죠. 그런 영화들이야 심야에 방송되고, 책을 찾아 읽는 사람도 거의 없었으니까요. 그러다가 신문에서 그 주제를 다루더니, 기사와 인터뷰들을 내보내더군요. 처음에 저는 그러다 말겠거니 했어요. 얼마 있으면 다른 유행이 오고, 사람들은 전처럼 다시 고기를 먹을 거라고요. 안타깝게도 현실은 달랐습니다. 어느 날 둘러보니 고기를 먹는 사람이 아무도 없는 거예요. 시대가 달라진 거죠. 담배도 안 피우고, 카페인 음료는 점점 많이 마시고요. 이런 말은 좀 그렇지만, 아직도 섹스는 하나 모르겠군요. 모든 게 재미없고 시들해졌어요. 개인이 지구에 남기는 흔적에 대한 담론이 줄기차게 이어졌죠. 런던으로 주말여행을 떠나거나 아우토반에서 야간 근거리 드라이브를 하는 소소한 즐거움조차 누리는 사람이 없어졌단 말입니다.

제 말은, 눈빛에서 약간의 경멸이 느껴지는군요, 형사님. 형사님은 분명 유행이라면 덮어놓고 좇는 분이 아니시겠지요. 때로는 강을 거슬러 헤엄치는 기분을 아는 분일 거란 말입니다. 무슨 말이냐면, 경찰이 되신 분인데, 경찰이 인기 직종은 아니니까요. 하지만 저는 달랐어요. 저는 대열에서 벗어나지 않고 합류한다는 것이 언제나 중요했습니다. 나팔바지 유행이 사라지자 저는 디스코바지를 입기 시작했습니다. 입는 사람의 체형을 너그럽게 감싸주는 이 바지와 저는 급속도로 친해졌죠. 심지어 앞으로 다른 바지는 절대 입지 않겠다 결심하고 디스코바지를 제 인생 바지로 선언했습니다. 하지만 다음번 청바지를 사러 간 매장의 여직원부터 이미 왼쪽 눈썹을 불쾌하게 치켜올리며 이 결정을 무효화시켰죠. 곧 디스코바지는 살 수 없게 되었고, 저는 다른 모든 사람처럼 스키니바지 속에 힘겹게 몸을 구겨넣으며 아침마다 세 개의 금속단추와

씨름했습니다.

우리 동네 정육점 헤스가 문을 닫았을 때 저는 처음으로 심각한 충격을 받았습니다. 헤스가 우리 동네 거리에 문을 연 게 수십 년은 넘었거든요. 후덕한 정육점 아주머니들의 하얀 앞치마에는 늘 흐릿한 선홍색 핏자국이 묻어 있었죠. 손님들한테 고기를 주고 나면 매번 거기다 손을 쓱 닦았거든요. 헤스는 우리 동네의 공공기관이나 다름없었고, 헤스가 없는 우리 동네는 상상도 할 수 없었는데 거기가 문을 닫더란 말입니다. 유기농상점들과 채소가게들, 즉석 생과일주스와 공정무역커피를 파는 가게들 틈에서 헤스는 버텨내지 못했어요. 가게는 몇 주 동안 비어 있다가 '웰니스 사원'으로 변했죠. 그걸로 종지부를 찍은 겁니다. 동네에서 정육점은 자취를 감췄어요.

그러나 그뿐만이 아니었습니다. 온 동네에서 고기 한 점 찾아볼 수 없게 되더란 말입니다. 레스토랑들은 일제히 메뉴를 채식으로 바꾸었고, 마지막 남은 간이

식당에서는 치즈나 후무스를 바른 빵과 팔라펠을 팔았습니다. 마트에서는 정육 코너를 다른 코너들과 분리시키고 미성년자의 출입을 금지했어요. 나는 판매원에게 대체 무슨 일이냐고 물었습니다.

"새로운 규정이에요." 그는 어깨를 으쓱해 보이며 설명했습니다. "죽은 동물들의 모습을 미성년자와 채식주의자 눈에 띄게 해서는 안 된다네요. 어차피 사려는 사람도 없는데 이렇게 매대마저 분리해놓았으니 앞날이 캄캄합니다. 누가 여길 들어오려고 하겠어요. 고기는 그저 동물사료로나 팔고 있을 뿐이에요. 사실 안타까운 일이죠."

그 시절 이전에 고기를 먹느냐 안 먹느냐 물어보셨다면, 저는 대답을 못했을 겁니다. 그건 저한테 기꺼이 숨을 쉬고 있느냐 아니냐를 묻는 거나 다름없었을 테니까요. 두 가지 다 제게는 너무나 당연한 일이었습니다. 매일 여러 번 반복하면서도 이유를 묻지 않는 그런 일요. 그후로 저는 제가 고기를 즐겨 먹는다는 사실을 알았습니다. 소시지, 미트볼, 슈니첼, 커틀릿, 필레, 다진 고기, 저민 고기와 훈제 고기, 살코기와 내장…… 맛있지 않은 게 하나도 없었어요. 저는 프라이팬에 스테이크 한 조각을 올려놓을 때 집안에 확 퍼지는 기름 냄새를 좋아합니다. 뜨거운 오븐에서 풍겨나오는 돼지구이 냄새에 황홀해진다고요.

제게는 어릴 적 아버지가 몇 주에 한 번씩 토요일이면 돼지오줌보 요리를 해주셨던 추억이 있습니다. 아버지는 금요일 내내 오줌보를 물에 담가놓았다가 다음날 양파와 사워크림을 넣고 뭉근하게 끓여먹을 기쁨에 휘파람을 불며 들떠 있곤 하셨죠. 거기다가 소금을 뿌려 삶은 감자와 양배추샐러드를 곁들였습니다. 그런 날들이면 코를 찌르는 지린내가 집안에 진동했지만 그에 대한 추억은 아름답고 환하답니다.

아니요, 그때는 저를 속일 필요가 없었습니다. 저는 고기를 즐겨 먹었습니다.

힘겨운 시절이 시작되었습니다. 동네 주변에서 얻

을 수 있는 고기라고는 도로변 간이식당에서뿐이었습니다. 사람들이 늘 정겹게 골목바비큐라고 부르는 곳이었죠. 소규모 1인 기업을 위한 예외규정이 적용되는 범위라 엄격한 규제로부터 자유로운 면이 있었을 겁니다. 하지만 그걸 제가 지금 설명드릴 필요는 없겠지요, 형사님. 거기 서서 지나가는 자동차들의 매연 속에서 커리소시지를 먹을 때면 저는 인위적으로 조성된 섬에 전시되어 방문객들의 눈길을 받아넘겨야 하는, 동물원의 동물이 된 기분이었답니다. 빨간불이 켜 있는 동안 무표정하게 저를 바라보던 보행자들은 신호가 바뀌어 길을 건널 땐 눈길 한번 주지 않았어요. 이 사람 혹은 저 사람이 암시하는 투로 고개를 설레설레 젓는 눈치였습니다. 부인할 수 없었습니다. 육식이란 그러니까 확실히 대세를 거스르는 일이었단 말입니다.

누구도 격리된 정육 코너에 들어올 엄두를 내지 않으리라는 마트 판매원의 생각은 옳았던 겁니다. 편한 마음으로 고기를 살 수 있는 곳이라고는 우리 도시의 열악한 지역뿐이었습니다. 그곳은 여전했습니다. 레스토랑의 그릴 메뉴들, 석쇠에 구운 양고기, 다짐육을 넣은 파이를 파는 베이커리, 되너케밥. 여하튼 그곳에는 사방에 지중해 연안에서 온 것처럼 보이는 사람들이 웅크리고 있었습니다. 부르카를 쓴 젊은 여자, 마약상, 물담배 피우는 사람, 잭나이프 돌리는 놈. 그곳에서 양고기 몇 점 가져오고픈 마음이 굴뚝같았지만, 이 위험천만한 지대로의 외출은 너무 위험했어요. 거기서 꼬치에 꿴 고기를 얻을지, 꼬치에 꿴 고기로 생을 마감하게 될지 알 수 없는 노릇이었으니까요.

    고기를 사고 싶다면, 그러니까 사회적으로 할복할 것이냐 아니면 실제로 할복할 것이냐 하는 선택의 기로에 서는 거였죠. 그렇게 멀리 와 있더란 말입니다.

끝의 시작

 직장에서 모여 놀자고 마련한 자리라면 저는 아주 질색이었죠. 논다는 건 스위치를 끄고 일상의 걱정과 문제를 잊는 거 아닙니까. 왜 하필이면 근심 걱정을 내 일상의 최전선으로 불러오는 장본인인 직장동료들과 놀아야 한답니까? 그건 휴가지를 사무실로 예약하는 거나 다를 바 없어요. 하지만 뭐 어쩔 수 없죠. 화제를 돌리려던 건 아닌데요, 형사님, 얼른 본론으로 다시 돌아가겠습니다. 그게, 뭐냐면 크리스마스 회식 날이 바로 그날이라서요. 제가 자폭한 날, 더 정확히 말하자면 자폭할 수밖에 없었던 날 말이죠. 중간에 멈출 새도 없이 저를 곧은 길에서 벗어나 곧장 망하도록 만든 그날요.

회식 날 아침, 저는 한편으로는 일자리의 격식을 갖춘 것으로 보이면서도 다른 한편 퇴근 후 이어질 크리스마스파티에 어울릴 편안한 옷을 입었습니다. 보라색 셔츠에 청바지가 아닌 잘 다림질된 리넨 바지를 입고 재미있는 산타클로스 무늬가 있는 넥타이를 맸어요. 그렇게 가망 없는 저녁을 버틸 만반의 준비를 마쳤죠.

크리스마스 회식은 '늘 가는 이탈리아 식당'에서 열렸습니다. 회사 건물 바로 옆에 있는 가게인데 꼭 이탈리안 레스토랑을 공장에서 찍어다놓은 것 같아요. 종업원을 포함해서 메뉴와 음악, 식후 서비스로 나오는 그라파*까지. 언제든, 아무 문제 없이 기중기

---

* 이탈리아의 전통주. 포도 부산물을 증류시켜 만든다.

나 화차로 다른 거리나 도시에 옮겨놓을 수 있을 겁니다. 음식이 그렇게 형편없지도 않았죠. 우리 모두 각자 더 나은 레스토랑을 한둘 알고 있었는데도 마지막에는 언제나 이 집으로 갔어요. 귀갓길을 가늠할 수 있고, 아무도 낯선 지역으로 가는 모험을 할 필요가 없고, 약속을 잡기도 쉬웠거든요. "늘 가는 이탈리아 식당에서 만납시다."

그거 아십니까, 제게 먹는 일이란 마지막 단계에 배가 불러오는 어떤 과정이란 말입니다. 진기한 향신료를 둘러싼 그 모든 거드름 빼는 태도, 다크초콜릿을 곁들인 파스닙*의 조합, 그리고 다른 대륙에서 온 재료들에 대해 저는 원래도 그다지 이해를 못했습니다. 그놈의 억지로 끼워맞춘 맛과 취향의 차이를 이해하고 싶지도 않았고요. 제게는 포만감을 주는 것이 맛있는 음식이고, 먹고 나서도 여전히 허기가 진다면 그

---

* 당근과 흡사하게 생긴 뿌리채소.

건 제 취향이 아닌 거죠. 연어타르타르에 오렌지 즙을 더하면 무슨 맛이 나든 이 퓨전 요리가 배를 채워주지 않는 한 저는 관심 없습니다. 이 문제로 예전에 아내와도 끝없는 설전을 벌이곤 했죠. 저는 아내가 왜 갑자기 건더기 하나 없는 멀건 생강수프를 끓이는지 이해를 못했고, 아내는 아내대로 제가 살짝 메슥거려하면서도 왜 굳이 커리소시지를 그렇게 즐겨 먹는지 이해를 못했어요.

그러나 다행히 그 이탈리아 식당은 혁신적인 메뉴로 주목을 끄는 그런 곳이 아니었습니다. 그곳의 오늘의 메뉴는 사실 이달의 메뉴라고 불러야 했을 겁니다. 그저 한 달에 한 번 바뀌고 매년 1월, 3월, 12월이면 어김없이 같은 메뉴였으니까요. 3월에는 대합조개, 8월에는 살구버섯 이런 식으로요. 그날 저녁에는 그 모든 것이 큰 장점처럼 여겨졌습니다. 그 이탈리아 식당에 가면 식후에 독주가 서비스로 나오는 것이 확실하듯, 12월엔 오늘의 메뉴에 붉은 보라색 양배추를 곁들인 거위넓적다리가 있을 것이 확실했으니까요. 언제나 그랬고, 또 언제든 그렇겠죠. 그리고 과거 해마다 늘 그랬듯 저는 그걸 주문할 테고요. 이 거위넓적다리에서 무엇이 이탈리아적인 것인지는 말씀드릴 수 없지만 말입니다. 아마 요리 가장자리에 장식된 샐러드 채소 이파리 네 장, 그 위에 뿌려진 소스 안의 발사믹식초 정도일까요.

  형사님, 제가 무슨 말을 할 수 있을까요? 여섯시에 그곳에서 동료들을 만났을 때 저는 편안했습니다. 쟁반에 들려 나온 샴페인 첫 잔이 모두에게 돌아갔죠. 쨍, 마시고 죽자, 원샷, 그런 말들과 함께요. 그러고서 우리는 음식을 주문했습니다. 당시 저는 이왕 동료들과 레스토랑에서 저녁을 보낼 수밖에 없다면, 하다못해 비싼 거라도 먹어야 한다고 생각했습니다. 음식에도 플라세보효과가 있으니까요. 뭔가 비싸고 이름이 그럴듯하게 들리는 음식을 주문하면 심지어 같은 이탈리아 식당에서라도 맛이 낫거든요.

그날 아침 아내는 제게 충고까지 했죠. 가볍게 수프나 하나 주문하고 와인을 너무 많이 마시지 말라고요. 그러나 저는 아내가 그저 새 사이드보드를 살 돈을 모으려고 그런다는 의구심이 들었어요. 아내는 그전 몇 주 내내 그 물건 얘기를 입에 달고 살았거든요. 아마 허리 높이쯤 오는 복도용 가구인가본데 제대로 된 멀쩡한 이름이 없었습니다. 여하튼 사이드보드요. 그러나 술이 덜 들어가면 저는 곧 동료들을 일절 이해할 수 없을 테고, 수프는 배고픔만 가져다주겠죠. 그 무엇도 오늘의 메뉴에 포함된 거위넓적다리를 주문하는 걸 막을 수 없었습니다.

알코올은 이미 효과를 발휘해, 시시껄렁한 농담이 오가는 우리 모임은 겉으로 보면 이미 친한 벗들의 모임 같기도 했습니다. 음식이 나올 때까지는요. 접시 바닥에 둥글게 끼얹어진 레드와인소스와 바삭하고 노릇노릇하게 구워진 거위 다리 두 개, 방금 비닐포일을 벗겨 내온 찰진 클뢰세*, 윤기가 흐르는 붉은 보라색

통조림 양배추가 보였습니다. 접시 가장자리에서 넘실대는 걸쭉한 붉은 갈색의 소스를 보자 입에 침이 고였죠. 앞으로 벌어질 모든 과정을 예상하니 기대감이 부풀어올랐습니다. 예상 밖의 일이 일어날 걱정은 없었죠. 저는 고기맛이 어떨지 정확히 알고 있었고, 클뢰세의 식감과 붉은 보라색 양배추의 맛을 알고 있었습니다. 확실히 찾아올 포만감, 독한 술이 아니고는 헤어나게 할 방법이 없는 그 멋진 수면과도 같은 상태를 고대했죠.

그런데 그제야 저는 테이블을 둘러싼 정적을 깨달았습니다. 동료들이 저를 빤히 바라보고 있었던 겁니다. 혐오스러운 눈빛으로요. 뭐지, 저는 자문했습니다. 바지 지퍼가 열린 것도 아니고 그럴 수도 없었어요. 설사 그렇다 해도 그 정도 실수에 대한 설명으로는 부족했고요. 제가 실오라기 하나 걸치지 않은 맨몸

---

* 감자, 고기, 빵 등을 뭉쳐 삶아낸 독일식 경단. 지역에 따라 '크뇌델'이라고도 한다.

으로 그곳에 앉아 있었다 해도 말이죠. 돌연 거나한 고기의 환상에서 깨어난 저의 당황스러움은 적어도 그들의 혐오만큼이나 컸습니다.

"저기, 아직도 고기 먹어요?" 마침내 회사를 오래 다닌 비서 레기나가 침묵을 깼습니다. 회사의 비서는 그녀와 다리가 길고 늘씬한 비올라 둘이었죠. 비올라가 외모는 더 나았지만, 힘있는 쪽은 레기나였습니다.

실상은 갈색으로 반들거리는 조류의 넓적다리가 놓인 접시가 제 앞에 있고 저는 냅킨을 무릎 위에 펼쳐놓으려는 참이었으므로, 침착하게 "에헴" 헛기침을 하는 것 외에는 달리 도리가 없었습니다.

분노의 폭풍우가 저를 향해 밀려왔습니다. 대체 제정신이냐. 동물들의 죽음에 자네 자신이 책임이 있다는 걸 아느냐 모르느냐. 아마 그 동물은 살아생전 그 넓적다리로 몇 발짝 떼보지도 못했을 거다. 잔인한 죽음에 앞서 빛은 구경조차 못해봤을 거다. 수천 마리씩

소시지와 광기

비좁은 공간에 갇혀, 살아 있는 몸으로 깃털이 뜯기고, 반은 살아 있는 상태에서 똥물을 통과해 마지막에는 토막이 쳐진다는 말이다. 대화가 계속되는 동안 제 앞의 음식은 전쟁터로, 차갑고 못 볼 꼴로 변해갔습니다. 입맛이 달아나더군요. 하지만 동료들의 분노에 찬 공격적인 어투에 설득당해서가 아니었어요. 그토록 설레며 기다려온 음식이 제게 허락되지 않아서였습니다.

 저는 제발 조용히 있고 싶었습니다. "새해부터는 이제 나도 고기를 먹지 않으려고." 결국 저는 말했죠. "그래도 오늘 한 번은 죄를 지어도 된다 생각했는데." 아니나다를까 이 서투른 선의의 거짓말은 효과가 있었습니다. 쏟아지던 비판은 수그러들고, 분위기는 밝아지고, 레기나가 마지막으로 고기를 먹은 날이 어땠는지 얘기했습니다. 그리고 홀기도요. 원래 이름은 홀거인데요, 뭔가 그 주제에 관해 한몫 거들었죠. 그러면서 다들 샐러드와 수프, 그라탱을 떠먹더군요. 저는 여봐란듯이 천천히 클뢰세와 붉은 보라색 양배추를 먹었고, 아무도 보지 않는 틈을 타 어두운 갈색이 도는 넓적다리 고기에서 작은 살점 한 토막을 잘라냈습니다. 거위마저 그 메뉴가 포함된 메뉴판처럼 지난해 것인지 특별히 맛도 없더군요. 그럼에도 "입맛에 안 맞으세요?" 하며 웨이터가 접시를 치울 때 저는 슬펐습니다. 넓적다리가 '늘 가는 이탈리아 식당'의 쓰레기통에 던져진다고 거위가 살아나는 건 아니니까요.

그러나 동료들은 만족스러워했습니다. "당신이 이제 고기를 먹지 않는다니 정말 잘된 일이에요." 레기나가 어느 정도 저의 죄를 사해준다는 투로 말했습니다. 슬픈 심정으로 저는 슈니첼과 미트볼, 세르블라소시지를 끼워넣은 롤빵과 튜브에 든 샛노란 겨자를 바른 비엔나소시지를 생각했습니다. 다시는 만날 일이 없으리!

압박과 강제. 그렇게 저는 채식주의자가 되었습니다.

금단—금욕이라고 해도 될까?

 집에 돌아와서 저는 아내에게 언짢은 기분으로 망쳐버린 저녁에 대해 얘기해줬습니다. 그랬더니 아내는 좋아서 어쩔 줄 모르는 겁니다. 그녀의 계산은 간단했습니다. 값비싼 고기를 가계 예산에서 제외한다는 것이 곧 저 빌어먹을 사이드보드를 위해서는 엄청난 플러스가 된다는 거죠. 도대체 전 결혼을 왜 한 걸까요? 물론 아내에게 살가움을 기대한 건 이미 오래전 얘기였지만, 제 불운에 대해 들려준 이상 그녀만은 저를 조금이나마 위로해주기를 그래도 기대했단 말입니다. 아뇨. 그녀의 생각은 그저 사이드보드를 중심으로 돌아가고 있었습니다. 우리의 부부관계는 그녀에게 흉물스러운 가구를 함께 늘려가는 협업단체나 다름없었습니다.

저는 그녀에게 퉁명스레 말했죠. 고기를 포기하는 건 아무래도 상관없다고요. 아내는 아주 좋은 생각이라며 채식주의자가 되는 걸 자기도 돕겠다더군요. 채식주의자가 되는 것을요. 나는 절대 채식주의자가 되고 싶지 않아, 저는 소리를 질렀습니다. 그저 몇 년 고기를 먹지 않으려는 것뿐이라고. 그걸로 뭔가 되고 싶은 생각은 없단 말이야. 제가 이 년 동안 티라나에서 일한다고 알바니아 사람이 되는 건 아니잖습니까. 제가 앞으로 여기, 이 취조실에서 이십 년을 보낸다고 형사가 되겠느냐고요. 제 말뜻이 뭔지 아시겠어요, 형사님? 그건 제 결정이었을 뿐입니다. 이제 고기를 먹지 않겠다, 라고 제가 저에게 선언했단 말이죠. 그것 때문에 클럽이나 종교단체 같은 곳에 가입할 생각은 꿈에도 없었어요.

  물론, 잘 살펴보면 저는 지금까지 늘 고기를 먹어 왔습니다. 거의 그랬다고 봐야죠. 사실 매 끼니요. 아침부터 빵에 슬라이스 햄을 얹어 먹기를 즐겼고, 슈니첼이나 카슬러* 한 조각 없이는 제대로 된 점심식사가 아니었죠. 그리고 늦은 저녁 겨자를 바른 소시지 하나 없이 어떻게 잠이 든단 말입니까. 하지만 일요일에는 예를 들면 와플이나 팬케이크 같은 것을 아침으로 자주 먹었습니다. 고기는 한 조각도 없이요!(길게 썬 베이컨은 제외했어요.) 그럼에도 저는 아무 문제 없이 고기 없이 살 수 있다고 생각했습니다. 제 권한 내의 간단한 결정이었을 뿐이었죠. 그 때문에 제게 초식동물 도장을 쾅 찍게 하지는 않을 거란 말입니다. 지금까지는 그렇게 살았지만, 지금부터는 한동안 다르게 살 것이다, 이 말이었죠. 그 증거로 그날 밤 저는 비엔나소시지

---

* 독일식 훈제 햄.

를 먹지 않고 잠자리에 들었습니다.

 채식 첫날은 그런대로 괜찮았습니다. 이따금 스스로에 대한 증오로 열이 받기는 했지만요. 이런 어이없는 짓을 하기로 한 건 저니까요. 그러나 그렇게 끔찍하지는 않을 거라고 스스로를 위로했습니다. 며칠 혹은 몇 년 동안 고기를 먹지 않는 거다 하고요. 그래서 뭐? 여하튼 이미 과거에도 샐러드 말고는 아무것도 먹지 않은 경험을 일주일이나 했었는데 기분은 좋았어요. 그래요, 고기샐러드이긴 했지만, 어쨌든 이름이 알려주듯이 메인은 샐러드였어요. 뿔닭은 여하튼 닭이지 뿔이 아니지 않습니까. 독일어, 아주 간단해요. 여하튼 이건 인정해야겠군요. 몰타에서 휴가를 보낼 때 식탁에 차려졌던 뿔닭에 대한 기억이 떠오르고, 고기 없이 보내는 첫날부터 고통스럽고 희한하게 감상적인 기분이 되더라는 것을요.

 형사님, 상태가 정말 나빠진 건 이튿날이 되어서였

습니다. 저는 믿을 수 없이 심한 갈증을 느끼며 잠에서 깼습니다. 그게 밤에 샤퀴테리* 플래터 꿈을 꾼 겁니다. 그러느라 베개는 침 범벅이 되고, 저는 말도 못하게 목이 말랐던 거죠. 생수를 꺼내려고 냉장고를 열었다가 저 깊숙한 곳에서, 아마 오래전에 사뒀다가 잊은 듯한 리옹슬라이스소시지 한 토막을 발견했어요. 형사님은 상상도 못하실 겁니다. 얼마나 예민한, 아니, 그 이상인 제 감각들이 이 소시지 한 토막을 인지했는지를요. 냉장고 문을 재빨리 다시 닫았음에도 저는 당장 소시지 쇼를레**에 대한 판타지를 만들어가기 시작했습니다. 그런 게 있기는 했나, 자문했죠. 안 될 건 뭐람, 사과 쇼를레, 콜라 섞인 맥주, 희석 와인도 있는 판에 소시지 쇼를레만 없으란 법 있나? 되너케밥 쇼를레는 어떤가. 머리를 굴려봤죠. 소시지 쇼를레를 마신다는 게 앞으로의 제 계획에 차질을 빚는 일인

---

* 프랑스에서 육가공품을 통칭해 부르는 말.
** 주스나 와인을 탄산수나 레모네이드로 희석해 만든 독일 음료.

가 하고요. 고기를 먹겠다는 게 아니라 그저 쇼를레를 조금 마시고 싶다는 건데요.

참 낯선 생각이었고, 이런 생각을 한 사람이 내가 맞나, 퍼뜩 정신이 들었을 때 저는 생수 유리병의 바닥을 핥고 있었습니다. 지금 이런 말을 하는 제가 부끄러워 땅으로 꺼지고만 싶습니다. 하지만 그것이 진실이고, 저는 제 고백을 진실이 아닌 그 어떤 것으로도 채우고 싶지 않습니다. 형사님, 냉장고 안에 소시지 냄새가 얼마나 진하게 배어 있었는지 아십니까. 살라미 조각에서 풍기는 고소한 훈제 향기의 여운, 구운 소시지의 절묘한 마저럼 향기, 수년 동안 켜켜이 쌓인 커틀릿의 냄새를 저는 병 밑바닥에서 탐지할 수 있었습니다. 황홀하게 눈을 감고 그저 될 대로 두었습니다. 한두 바퀴 혓바닥으로 병 밑바닥을 핥자 새롭고, 어딘지 신선한 고기맛 같은 것이 느껴졌습니다. 모서리에 혀가 베였던 겁니다. 병 밑바닥이 피로 물들었죠. 제 입에 그렇게 동물적으로 맛있던 그건 바로 저

자신의 피였어요. 복도에서 아내의 기척이 들리자 저는 정신이 번쩍 들어 환각에서 깨어났죠. 허겁지겁 흔적을 감추고 병을 도로 냉장고 안 제자리에 두었습니다. 처음으로 이성을 잃을지도 모른다는 두려움이 슬금슬금 저를 파고들었습니다.

저는 서류가방을 들고 인사 없이 집을 나왔습니다. 신선한 공기와 출근길의 익숙함이 신경조직을 다시 견고하게 만들 수 있으리라 믿고요. 그러나 헛된 희망이었습니다. 개만 봐도 다음 단계가 발동되었죠. 저도 모르게 핫도그, 하고 생각한 겁니다. 귀여운 털로 휩싸인 작고 맛있는 소시지. 사실 안 될 거 있나요? 형사님, 제 말 믿으셔도 됩니다. 이런 생각이 스스로도 섬뜩했습니다. 저는 태어나서 한 번도 개고기를 먹어본 일이 없어요. 그런데 애타는 눈빛으로 닥스훈트*의 꽁무니를 쫓으며 그놈한테 살이 얼마나 붙어 있을지

---

* 독특한 생김새 때문에 '소시지 개'라는 별칭이 있다.

계산해보고 있자니 찜찜하고 혼란스러웠습니다.

  가는 길에 저는 옛날 생각이 났습니다. 빵가게의 살라미 롤빵, 전광판의 스프레드소시지 광고, 떠오르는 태양의 붉은빛 속에 꼬치에 꿰어 돌아가던 되너케밥. 매일 두브로브니크 그릴 식당 문 앞에 서 있던 광고판. "오늘 딱 하루만: 그릴 한 접시 대짜 6.99유로!" 그 행복하던 시절은 어디로 갔나요? 7유로, 완전 공짜! 저는 포크와 나이프 없이 고깃덩어리를 통째로 흡입하는 모습을 상상했습니다. 씹을 새도 없이 꿀꺽 삼켜버리겠죠. 맨 나중에는 접시에 묻은 고소한 기름까지 빵으로 싹싹 닦아서 먹을 거고요. 접시가 말갛게 빛이 나도록. 아니, 빵이라니! 빵 대신 적당히 부슬부슬한 체밥치치*를 선택할 겁니다. 그날을 저는 정신적으로 감금된 상태로 흘려보냈습니다. 그날에 대해서라면 저를 괴롭히던 그 기억밖에는 아무것도 떠오르

---

* 소시지 모양으로 뭉쳐 구운 고기를 빵에 얹어 먹는 요리.

지 않는군요.

  사흘째는 조금 나아졌더랬죠. 마멀레이드를 바른 빵을 먹고 또 먹었습니다. 그냥 더 들어가지 않을 때까지요. 제 계획인즉, 위에 바늘만한 틈도 남겨두지 말자는 것이었습니다. 푸아그라를 얻어내려고 살을 찌우는 거위처럼 말입니다. 그럼에도 반시간만 지나면 다시 허기가 졌어요. 사방에 고기가 보였습니다. 사람들의 발그레한 얼굴, 나무 위에 앉은 새들, 개들, 고양이들―다 고기였어요.

  배고픔! 저는 배가 고팠습니다! 제 소리가 아무에게도 들리지 않았을까요? 뭐가 됐든, 고기 종류를 먹고 싶었습니다. 건너편에서는 정원사가 녹지에 각분角粉을 뿌리고 있었습니다. 습도가 높은 아침 공기 속에서 잘게 부순 소뿔과 발굽 냄새가 기분좋게 풍겼습니다. 저는 초록색 멜빵바지를 입은 그 남자의 손에서 봉투를 빼앗아 동물의 뿔 부스러기를 그 자리에서 입에 털어넣고만 싶은 심정이었습니다.

그전에는 그런 적이 없었어요. 맹세합니다, 형사님! 과거 저의 최대 단점이라면 아마 좀 지루한 사람이라는 것일까요. 그러나 이제 저는 밀려오는 폭력의 환상과 싸우고 있었습니다.

우리 회사 구내식당에는 여하튼 이른바 베지 패티라는 게 있었어요. 스펠트밀 패티, 콩고기 패티, 야채 패티, 매일 다른 종류로요. 뭉치고 굴려서 프라이팬에 구운 일종의 대체 고기 같은 거죠. 실제로 저의 고기에 대한 허기로 인한 발작 증세를 완화시키는 효과가 있었죠. 한입씩 먹을 때마다 예전에 소시지나 미트볼을 베어물던 느낌을 상상했습니다. 익숙해지려면 시간이 필요하겠지만, 없는 것보단 나았습니다.

물론 포기하는 게 제게 얼마나 어려운 일인지 겉으로는 티가 나지 않도록 애를 썼고, 어느 정도는 성공했다고 보고 있었죠. 그러나 나이든 여비서가 그날 제게 간청을 하더라고요. 고기 얘기 좀 줄여달라고요.

자기뿐만이 아니라고 했습니다. 몇몇 동료가 이미 같은 말을 했다고요. 이해는 가는데요. 채식을 하기가 그렇게 힘들어요? 그 물음에 저는 저의 어딘가에서 현이 툭 끊어지는 소리를 똑똑히 들었습니다. 그게 당신과 무슨 상관이야. 저는 신경질적으로 마주 부르짖었습니다. 당신 일이나 신경쓰라고. 남편 출장은 왜 그리 유별나게 잦은지. 덧붙이자면 나는 채식 식습관이 하나도 힘들지 않다고.

늦어도 그때 그만둬야 했던 겁니다, 형사님. 제가 어떤 지옥에 떨어질 수 있는지 확실히 깨달아야 했어요. 그때까지 저는 그러니까 유순하기 짝이 없는 놈이었습니다. 전혀 눈에 띄지 않는 그런 사람요. 학교 다닐 때 같은 반 아이들 중 몇몇은 제 이름을 외울 때까지 이삼 년이 걸리기도 했으니까요. 그런 제가 별안간 감히 저희 팀의 왕관 없는 여왕에게 목청껏 소리를 질렀다는 것 아닙니까. 뒤따를 결과를 생각조차 하지 않고요. 제가 숨어서 담배를 피우는 흡연족이었다면 그러고 나서 화장실에 가서 담배라도 피웠겠죠. 그러나 어디서 몰래 고기 한 점을 먹을 수 있었겠습니까?

톰 두부는 한 채식주의자의 온라인 닉네임이었습니다. 채식주의자의 함정에 걸려들었던 그날 밤 저는 처음으로 그의 블로그를 방문했죠. 그는 블로그에 채식주의 초기의 어려움과 대응법, 어떤 문제를 어떤 식으로 가장 잘 피할 수 있는지, 그리고 마침내 어떤 식으로 행복한 채식주의자가 되었는지 써놓았더군요. 그의 조언은 정말 훌륭했죠. 그가 아니었다면 저의 채식주의는 사흘도 넘기지 못했을 겁니다. 그날 저는 처음으로 그와 직접 연락했습니다. 저는 톰 두부가 매일 수백 통의 메일을 받으리라 짐작했는데 놀랍게도 그는 상당히 빨리 답장을 줬어요! 이겨내야 한다고, 그는 저를 격려했습니다. 이런 돌발상황은 곧 지나갈 거라고요. 생각이 있으면 서로 만날 수도 있다고 했어요. 저는 행복한 기분으로 그의 메일을 읽었고, 그렇게 다시 계속할 수 있었죠.

그리고 실제로 일주일쯤 후에 저의 절망은 차츰 흐릿해지고 예상 밖의 환희가 그 자리를 대신했습니다. 제 안도감은 상상도 못하실 겁니다, 형사님. 허기와 절망 사이에서 힘든 날들이 지나가고 점차 안정적인 궤도로 접어드는 기분이었습니다. 나도 할 수 있었어요! 꼭 고기를 먹지 않아도 풍요로운 삶을 누릴 수 있었다고요! 초원은 여전히 녹색이고, 하늘은 여전히 푸르렀습니다. 음식이 맛없다는 건 부수적인 일에 지나지 않았어요. 채식으로 바꾸면서 시간이 얼마나 많아졌다고요! 채식주의자는 피조물에 대한 연민에서 육식 향유를 포기하지만, 저는 스스로에 대한 연민 때문에 채식을 목구멍으로 넘기지 못했습니다. 뭘 먹어야 한단 말입니까. 아침도 팍팍한데, 점심은 미완성 모자이크처럼 식판의 가장 큰 부분이 텅 비어 있다면, 그리고 우울한 저녁식사가 저를 기다리고 있다면요. 도저히 더 견디기 어려울 때는 소시지 없이 빵만 꾸역 꾸역 삼키며 물을 마셨습니다.

  그럼에도 저는 기운이 넘치고 개운한 기분이었습니다. 매일 몇 킬로미터를 뛸 수 있을 것 같았어요, 새로운 취미를 시작할 수 있는 거죠, 뭐든! 당시에는 잠도 서너 시간이면 충분했죠. 고기를 포기하고도 그렇게 잘 지낼 줄은 생각 못했습니다. 심지어 채식을 맛있게 조리해봐야겠다는 생각이 들 때도 있었죠. 서점에서 관련된 요리책들을 조금 들춰보기도 했지만 결국은 진저리를 치며 도로 책꽂이에 꽂아놓았습니다. 풍미 있게 채식을 요리한다는 건 불가능합니다. 채소란 어디까지나 메인이 되는 음식의 부재를 고통스레 상기시키는 부식에 지나지 않으니까요. 한 접시 가득한 채소는 주례 앞에 신랑 혼자 달랑 서 있는 결혼식 같은 그런 모자라는 음식이란 말입니다. 간단한 진리입니다, 형사님. 채소는 그냥 맛이 없어요. 배추, 양파, 콩을 먹으면 배에 가스가 차고, 가지와 호박은 익으면 질척거리고, 파프리카를 생각하면 트림이 납니다. 그럭저럭 괜찮은 건 감자뿐이에요.

아주 명백한 것이죠. 사람이 고기를 포기한다는 건 즐거움도 포기한다는 뜻입니다. 지난 시대 일류 요리사들의 요리책들만 봐도 그렇죠. 황금시대의 장편소설과 단편소설에 나오는 유명한 음식들, 각국의 대표 음식을 보시라고요! 호박볶음이나 사보이양배추그라탱 같은 건 듣도 보도 못했습니다. 축제의 음식은 언제나 고기였습니다. 아니요, 형사님, 맛있는 채식이란 없습니다. 저는 그냥 포기했어요. 물론 과일도 채식이고 대부분은 맛이 좋지만, 그래도 하루종일 디저트만 먹을 수는 없는 노릇이잖습니까! 그건 완전히 모든 동물적 본능과 욕구에 반하는 것이었습니다. 제 조상은 저더러 지금 긴팔원숭이처럼 먹으라고 나무에서 기어내려와 지상을 평정한 게 아닙니다!

그럼에도 그즈음 저는 모든 것을 긍정적으로 바라보았고, 황홀했어요. 제가 쟁취한 시간을 누렸고, 쉴 새 없이 일하고, 긴 산책을 하며, 미래를 위한 더 큰 계획을 세웠습니다. 그 상태를 쭉 유지할 수 있으리란 확신이 들었습니다.

  언제인지 모르겠지만 아내가 저의 발작에 대해 말을 꺼냈습니다. 아마 X일에서 이삼 주 지났을 때였을 겁니다. 처음에는 제가 그다지 진지하게 받아들이지도 믿으려 하지도 않았던 것이 기억납니다. 아내는 증거 삼아 비디오카메라로 촬영을 했습니다. 형사님도 물론 아시겠지요. 스스로의 목소리를 듣는다든가 비디오로 본다는 것은 늘 묘하잖습니까. 그러나 그 장면들은 제게 진실로 경악스러웠습니다. 화면 속에서 저는 말하는 도중에 멈추고 아래턱을 벌린 채 "햄버그 스테이크" "간" 같은 단어들을 웅얼거리기 시작했습니다. 눈을 휘둥그렇게 뜨고 집안을 오가며 어린아이처럼 아무거나 입에 집어넣고는 씹었습니다. 이 분 후 침이 마르고 나서는 발작을 시작할 때처럼 갑자기 끊어졌던 문장을 마무리하는 것이었어요.

그 비디오는 충격이었습니다. 일반의학과의사는 저를 신경과로 보냈습니다. 신경과의사는 뇌전도검사 처방을 내리고 저를 엑스레이 촬영실로 보냈죠. 그러나 의사는 총체적으로 신경계 문제로 보이진 않는다고 했습니다. 어딘지 의사들의 전형적인 태도죠. 전문의에게 가면 수천 가지 검사를 시킨 다음 자기 분야가 아니라고 하잖아요. 뇌전도는 정상이었습니다. 그는 제가 겪은 블랙아웃을 해리성 둔주라고 했습니다. 뭐 눈 깜빡임과 비슷한 것이죠. 단지 그것이 뇌에서 일어날 뿐. 요즘 채식 입문자들에게 아주 흔한 증상이라고요. 억눌렀던 고기 생각이 수면으로 밀고 올라오는 건데, 제가 강하게 덮으려 하면 할수록 더 걷잡을 수 없이 치솟는다고요. 몇 달 후면 나아질 거라고 했어요. 그때가 되면 채식 섭취를 통해 그런 뇌 작용을 할 기운이 없을 거라나요.

형사님, 제가 형사님께 뭘 숨길 작정으로 이러는 건 정말 아닌데, 그후의 시간들은 뚜렷이 기억이 나지 않아요. 어느 날 직장에서도 집에서도 멀리 떨어진 도시 북쪽에 서 있었던 일이 기억납니다. 두 손으로 공장의 붉은 문을 꽉 부여잡은 채로요. 저는 어리둥절해선 주변을 돌아보았습니다. 내가 대체 어떻게 여기로 온 거지? 아마 또다시 유난히 간절한 고기 생각에 사로잡혔던 거야. 지난 몇 주 동안 강도가 점점 심해지더니. 그사이 제정신으로 돌아오는 일이 드물었습니다. 가끔은 몇 시간이 지나서야 정신을 차리고 보면 입에 곰인형을 물고 있었죠. 주변을 돌아보았지만 한 번도 와본 적이 없는 곳이었습니다. 북쪽으로 향하는 고속도로 양옆으로 공장 건물들과 상가가 보였습니다.

그때 철문이 갑자기 끼익 소리를 내며 움직였습니다. 저는 깜짝 놀라 뒤로 물러섰죠. 문은 한 떼의 돼지가 실린 트럭을 위해 열렸습니다. '유로파 정육가공품'이라고 건물 정문 위에 쓰여 있었습니다. 광고 플래카드에서 분홍색 돼지가 저를 내려다보고 있었습니다. 치켜올린 디른들* 아래 거대한 분홍색 장딴지를 드러낸 채로요. 돼지는 어깨 너머로 바라보는 사람에게 매혹적으로 윙크했습니다. 제게는 마치 이러는 것 같았죠. '나를 가져—나도 원하고 당신도 원하는 일이잖아!'

저는 혐오스러운 마음에 물러나 집으로 돌아가려고 했습니다. 그러나 동물적 본능이 이 도시의 문 앞으로 저를 이끌었고, 저의 이성은 그에 저항해 저를 다시 제가 사는 곳으로 데려다놓기가 쉽지 않았습니다. 아마 무의식적으로 제가 더이상 거주하고 싶지 않은 그 세계로요. 머리는 네가 속한 곳은 거기야, 라고 했지만 뱃속은 그것이 진실이 아니란 걸 알고 있었습니다.

언제인가 날이 이슥해진 후 완전히 녹초가 되어 집으로 돌아왔습니다. 아내는 제가 기운을 차리도록 가벼운 소시지수프를 만들어줬습니다. 물론 두부소시지

---

* 독일 바이에른주의 여성 전통의상.

였죠. 그러나 제 몸은 오롯이 그걸 거부했습니다. 저는 화장실로 뛰어갔죠. 그리고 언제인지 몰라도 완전히 탈진해서 머리를 변기시트에 댄 채 잠들었습니다.

서서히 진력이 났어요! 다음날 아침 저는 톰 두부에게 급히 만나야겠다고 썼습니다. 어떻게 계속해야 할지 모르겠다고요. 톰 두부는 제게 채식주의의 화신이었고 그렇기 때문에 책임을 물을 수 있는 대상, 얼굴을 맞대고 격앙된 감정을 표현할 수 있는 사람이었죠. 그는 또 조속히 답장을 보냈습니다. 우리는 그날 오후 어느 인도 카페에서 만나기로 했죠.

채식주의자라고 하기에 두부 씨는 놀랄 만큼 영양 상태가 좋고 편안해 보였습니다. 그는 제게 친절하게 미소 지으며 우리 둘을 위해 차이라테라는 걸 주문했습니다. 확실하게 말할 수 있는 거라곤 뜨겁고 액체였다는 것뿐입니다. 저는 톰 두부에게 제가 채식주의자가 된 경위와 지금까지의 경과, 그리고 이렇게 더는 계속할 수 없을 것 같은 현재의 기분을 얘기했습니다. 고기요리에 대한 얘기만 나와도 증상이 나타나기 시작해 한두 시간은 지나야 깨어나는, 간질병과 흡사한 저의 끔찍한 발작에 대해서도 털어놓았습니다. 뜻하지 않게 소시지공장의 정문으로 발길이 향했던 일도 당연히 털어놓았고요. 다시 육식을 시작해야겠다는 느낌이 들어요. 제가 제 삶을 사랑한다면요, 저는 그에게 말했습니다.

  톰 두부는 대단히 흥미로워하면서 여러 번 연민을 표해가며 제 얘기에 귀를 기울였습니다. 마치 고해성사를 듣는 신부님 같았어요. 누구든 그런 의심에 빠질 수 있는 거죠, 그가 말했습니다. 자기도 전에 그런 경험이 있다고요. 그것 때문에 스스로를 비난하지는 말아야 한다고 했습니다. 당시 그를 도운 건 글쓰기였죠. 제가 알고 있는 그 블로그요. 그에게는 글쓰기가 채식주의자로서의 실존을 넘어 커다란 해방의 몸부림이었습니다. 어쩌면 제게도 길이 될 수 있지 않겠느냐고 그가 물었습니다.

저는 반신반의했어요. 이해하실 겁니다, 형사님. 학교 다닐 때부터 저는 작문을 좋아하지 않았습니다. 쓰는 것 자체는 문제가 아니었지만 반 전체가 그걸 읽는다는 게 마음에 들지 않았고, 블로그에 쓴 것을 온 세상이 읽을 거라 생각하면 오싹했죠. 상관없어요, 두부가 저를 위로했습니다. 일반적으로 채식주의의 실존적 문제들을 공개하는 것에 지나지 않으니 생각이 있다면 글을 써서 보내라고 했어요. 자기 이름으로 블로그에 올려준다고요. 여하튼 그의 말대로라면 제 경험은 지극히 정상이고, 누구나 거치는 과정이며, 또 분명히 이겨낼 것이었습니다. 그가 그랬듯이요. 저는 기꺼이 생각해보겠다고, 이따금 짧은 글을 보내지 못할 이유가 어디 있겠느냐고 말했습니다.

형사님, 물론 형사님은 범죄사건을 다루는 분이니 전등 뒤에서 다 안다는 표정으로 웃고 계시죠. 그러나 저는 무슨 수로 그것이 그가 제게 판 함정이라는 사실을 알았겠습니까? 저는 약하고, 힘이 없었습니다. 저는 위로가 필요했어요. 톰 두부는 제가 움켜쥘 수 있는 지푸라기였어요.

그는 맛없는 밍밍한 계피물에 꿀 한 숟가락을 넣어 저으며 제게 미소 지었습니다. 지금 생각해보면 터무니없지만 그때는 그 미소가 제게 전부였습니다. 저 유명한 채식주의자 블로거 톰 두부가 나와 차이라테를 마시며 미소를 지었다면 희망이 있는 거였어요. 저는 그와 악수를 나누었고, 그건 제게 계속하겠다는 의미였습니다. 같은 날 저녁 저는 톰 두부의 블로그에 올릴 저의 첫 보고서를 썼습니다.

이유 離乳 — 힘은 사라지고

그후 언젠가 아내가 물었습니다. 우울하냐고요. 모르겠어요. 그게 제가 '유로파 정육가공품'으로 의도치 않은 소풍을 다녀오고 나서 며칠 혹은 몇 주 후인지요. 부정확하다고 나쁘게 생각하지는 말아주십시오, 형사님. 맹세합니다. 더 자세하게는 기억이 재구성되지 않아요. 고기가 없는 제 삶은 마치 불법 수용소에 붙잡혀 있는 기분이었습니다. 시간은 공포의 장소에서 가장 가학적인 고문을 행하는 형리 刑吏였고요. 지나간 순간들은 모두 기쁨이었고, 다가올 순간들은 모두 고통이었습니다.

아내의 질문은 드디어 사이드보드가 배달되었는데도 제가 그녀처럼 즐거워하지 않았기 때문이겠지만요. 심지어 저는 그 즐거움을 부부 사이의 의무로 보았기에 이행하리라 확실히 마음까지 먹고 있었는데도 말이죠. 대신 저는 수많은 걱정과 두려움의 미궁에 빠져 헤매고 있었습니다. 차라리 즐겁지 않다고 인정하는 편이 낫다는 걸 알고 있었죠. 그러나 그렇게 되지가 않았습니다. 저는 속으로 질문했습니다. 어쩐다. 매일 복도를 지날 때마다 새로 산 이 사이드보드에 몸을 부딪힌다면? 그것도 항상 정확히 똑같은 자리라면? 처음에는 그저 퍼런 멍만 들겠지만 반복해서 부딪히다보면 점점 심해져 결국에는 곪은 상처가 허벅지에서 시작해 내 온몸을 창상 괴저의 송곳니로 먹어치울 거야.

그렇게 보실 거 없습니다, 형사님. 저도 지금은 얼마나 터무니없는 생각인지 잘 알고 있으니까요. 당시에도 이미 어리석은 생각이라는 걸 알고 있었습니다. 그렇지만 억누를 수 없었어요. 제 생각이야말로 당시 저의 최대 적이었습니다. 지금은 기억도 나지 않을 것 같지만 이십 년 전 우리가 직접 서명한 임대차 계약서상, 사이드보드가 복도에 두어도 무방한 최대 무게를 넘을까봐 두려웠습니다. 복잡한 건 딱 질색일 것 같은 살인사건전담반 반장은 제게서 이 얘기를 들으면 경멸스레 코웃음을 쳐 담배연기를 코로 뿜어내죠. 여하튼 저의 호러판타지 속에서 사이드보드는 우리 아래층 주인집 복도 천장을 뚫고 떨어집니다. 그들이 그 집 일곱 아이를 데리고 돌봄이 필요한 노인들을 위해 노래를 불러주러 간다고 옷을 입을 때요. 아버지란 사람은 운이 좋은 편이었죠. 목 아래로는 그나마 대각선으로 마비였으니까요. 그러나 다른 여덟 식구는 두 번 다시 노래를 부를 수 없을 겁니다. 조사 과정에서 우리는 혐의를 의심받습니다. 그 전주에 쉴새없이 소음에 대해 불평했으니까요. 그러니 그들은 나를 곪은 상처와 함께 태국의 감옥에 처넣을 겁니다. 태국에서 보내는 삶의 마지막 수개월에 비하면 지옥은 휴양지처럼 느껴지겠죠.

살인사건전담반 반장 얘기는 언짢아하지 말아주세요, 형사님. 그게 바로 당시 저의 공포스러운 생각이었으니까요. 어쩌면 아내가 옳고 저는 정말 가벼운 우울증을 앓고 있었는지도 모르죠. 우리 아래층에는 우리보다 나이가 많은 베버 부부가 살고 있었어요. 그들에게는 아이가 없었고, 저는 그들의 소음에 대해 불평한 적이 한 번도 없습니다. 당시 저는 더이상 즐거워할 수가 없었단 말입니다. 그럴 일이 있기나 했을까요? 피부는 칙칙해지고, 걸음은 늘어지고, 옷은 헐렁해졌습니다. 12킬로그램이 빠졌습니다. 빠진 살보다 남은 살이 더 많다는 것이 놀라웠죠.

톰 두부는 제게 조언을 했습니다. 무엇보다 얼굴 모양의 채소를 먹으라고요. 그러나 도움이 되지 않았습니다. 저는 아침으로 곰 모양 초콜릿이나 상자에 수

닭이나 꿀벌이 그려진 콘플레이크를 먹었습니다. 그러나 포장을 자세히 들여다봐도 뭔가 제대로 된 것을 먹고 있다는 포만감은 생기지 않았습니다. 공룡 모양 국수가 제 야채수프 안에 둥둥 떠 있다 해도 견디기가 수월하지는 않았습니다. 야채수프든 마카로니밀로 만든 비스킷이든, 폴렌타그라탱이나 시금치파이든 제 머리를 속이려고 시도할 수는 있었지만 뱃속의 뇌는 걸려들지 않았으니까요. 위와 장벽에만 1억 개가 넘는 신경세포가 발견되는데 그것들을 속이기는 결코 쉽지 않다는 겁니다. 제가 생각했던 것보다는요. 고기 없는 것들을 위에 쑤셔넣어봤자 몇 분 후 경보가 울렸습니다. 배고파, 배고프단 말이야! 우리를 먹여 살리기 위해 절실히 필요한 죽은 동물의 살점은 어딨어? 어차피 고기 없는 음식은 먹으나마나였기에 저는 먹기를 포기하다시피 했습니다. 이렇게 말하고 싶군요, 형사님. 채식을 한다는 건, 그렇게 부르지만 않을 뿐 단식투쟁이나 다름없다고요.

아프고 선명한 기억입니다. 그즈음 역 광장에서 갑자기 소시지 하나가 눈에 띄었던 일은요. 여행자가 급히 기차를 타러 가던 길에 떨어뜨린 것이었겠죠. 온몸에 케첩을 묻힌 소시지는 바로 제 앞 아스팔트 위에 떨어져 있었어요. 희미하던 소시지 냄새가 마치 저를 유혹하려는 듯이 강렬하게 피어올랐죠. 저는 모락모락 올라오는 김과 더불어 힘이 불끈 솟는 듯 좋은 기분이 온몸으로 퍼지는 것을 느꼈어요. 그것이 땅에 떨어져 있다는 것, 누가 먹던 거라는 것, 거리의 먼지가 달라붙었을 수 있다는 것, 그런 것을 볼 눈이 제게는 없었습니다. 저는 그저 소시지만, 눈 앞에 놓여 있는 소시지만 보였어요. 커다랗게 확대된 소시지만. 조금만 몸을 숙이면 주울 수 있었습니다. 그다음 입에 넣고, 씹고, 삼키면 되는 것이죠. 아아! 그렇지만, 아무것도 느낄 수 없었습니다. 아무것도. 저는 그렇게 고기를 입에 넣어 씹고 삼키던 일이 아직 즐거움이던 시절의 기억을 더듬었습니다. 추억의 집을 더듬으며 달렸습니다.

그러나 그곳에는 빈방뿐이었고, 맨 마지막 방의 바닥에는 좁쌀 포리지 한 그릇만 놓여 있었습니다.

저는 소시지를 그냥 두었습니다. 벌레와 이가 득실거리는, 오물투성이지만 그럼에도 저보다 덜 퇴화된, 길거리의 개가 그걸 덥석 집어물겠죠.

당시 두부의 블로그에 올린 제 글 중 하나는 이런 말로 시작됩니다. "한때 보기만 해도 즐거워지는 흥건한 소스 위에서 내게 미소를 보내던 고깃조각은 어디에. 아. 어디에 있단 말인가?" 저의 유일한 낙은 과거로 돌아가는 것이었습니다. 형사님.

저는 괴팍해졌고, 알 수 없고 의문스러운 재밋거리들로 시간을 보냈습니다. 그중에는 점점 더 자주 욕실로 들어가 흡입기로 소금증기를 들이마시는 일도 포함되었습니다. 원래는 기침을 가라앉히는 그 기구가 당시 저의 유일한 낙이었죠. 그것이 제게는 마지막 남은 방종으로 보였습니다. 숨을 충분히 오래 들이마셨다가 기관지에서 소금기 섞인 가래를 뱉어내면 입속에 식사를 마친 것 같은 환영의 효과가 나타났어요. 그건 축제였습니다.

화장실에서 저는 생각해야 했습니다. 과거에 제 소화기능이 얼마나 좋았던가 하고요. 형사님, 이런 표현 실례입니다만, 전에 저는 똥을 눈다는 것이 즐거웠습니다. 이런 즐거움을 잃어버린 적이 없는 사람은 이해할 수 없어요. 세상에, 똥을 잘 누었지요! 매일 한 무더기씩, 일요일에는 두 번씩, 저는 그렇게 말하곤 했어요. 형사님. 일을 마친 후의 후련한 기분은 얼마나 큰 안도감인지요. 하지만 그때부터는요? 채식주의자가 되고 나서부터는 한마디로 똥을 누지 못했습니다. 채식주의자들은 똥을 못 눈다, 라고 톰 두부의 블로그에서 읽었습니다. 채식주의자들은 변비가 있다고요. 그는 제게 매일 빈속에(채식주의자에게는 늘 그런 것이지만) 아주까리기름을 테이블스푼으로 세 스푼 삼키고, 일주일에 두 번씩 체온 정도 온도의 식물성 젤라틴 관장제를 먹으라고 권했습니다. 안 그러면 머지 않아 아예 변을 내보낼 수 없을 거라고, 구급차에 실려가 수술로 분석糞石을 떼어내야 할 거라고요. 예, 분석, 그렇게 쓰여 있더군요. 의학용어인가봐요. 전에는 그런 것이 있는지도 몰랐습니다. 하지만 채식주의자와는 어디까지나 관련이 있는 문제이니까요. 소화가 안 되고, 창자는 추악한 식재료들을 밀어내고, 결국은 이 식물성분, 섬유소를 소화시킬 수 없습니다. 찌꺼기가 남아 장에 사는 세균의 총체를 완전히 망가뜨리려고 위협한다는 말입니다.

  녹두, 스펠트밀, 건조하고 덜 익은 밀로 만든 베지패티―아무도 그런 걸 먹고 싶어하지 않는다고요. 첫 사 주 사이 치아가 이미 두 개 빠졌습니다. 두부의 블로그를 보면 그 정도는 양호한 편이었습니다. 많은 사람이 처음에 더 많은 치아를 잃더군요. 치아가 할일이 없다는 걸 알고 미리 알아서 사라져주는 거죠. 멀건 수프와 퓌레 같은 거야 이 없이도 삼킬 수 있잖아요. 과거에 뼈에서 힘줄을 떼어내야 했을 때, 닭다리를 뜯고 각 부위의 힘줄들을 잘게 나눠야 했을 때, 그때는 할일이 있었던 거죠. 채식 섭취란 말 그대로 풀밭을 물어뜯어 무덤을 파자는 것 아닙니까.

당연히 잇몸도 곪아갔죠. 몸에 이미 저장되어 있는 것들을 비상으로 이용하는 것과 다름없으니 말이에요. 처음이 가장 심하고 나중에는 점점 느려질 거라고, 톰은 그의 채식주의자 블로그에 썼습니다. 당연하죠, 육식을 포기하고 매주 이가 하나씩 빠진다면 반년 후면 잃을 치아라고는 하나밖에 남지 않을 테니까요. 얼마 후 저는 좋아라 하겠죠, 더이상 이가 빠지지 않는다고. 이런, 채식주의자의 논리라니! 당시에도 가끔씩 상당히 거슬렸어요.

당시에 말입니다, 형사님. 저는 웃음을 잃어버린 지 오래였습니다. 즐거울 때라고는 과거의 삶을 떠올릴 때뿐이었습니다. 기억이 희미했어요. 과거에는 제가 심지어 직장까지 다녔다니요. 아마 여러 날, 몇 달

씩이나요. 더이상은 그러라고 해도 그럴 힘이 없었을 겁니다. 전혀요. 제 외모는 이랬습니다. 알고 있는 모든 사실로 유추해보아 저는 과거에 남자였어요. 하지만 채식주의 입문으로 몸이 달라졌어요. 기본 골격이 사라지고, 특히 가슴이 허물어지더라고요. 톰 두부의 블로그를 보면 그건 대체로 전형적인 현상이며 육식을 포기하면서 생기는 에스트로겐 부족으로 나타나는 거라더군요. 현대인들은 이미 오래전부터 에스트로겐을 먹여 사육한 고기에 적응해왔습니다. 이제 호기롭게 고기를 없애니 가슴이 카드로 만든 집처럼 무너지는 겁니다. 저는 남자의 체취도 풍기지 않았습니다. 스테이크도 없고, 테스토스테론도 없는 거죠. 그렇게 간단했어요.

 매력적인 채식주의자는 절대 없다, 그러나 그리 불안해할 것이 아니라 아주 정상적인 생물학적 결과일 뿐, 톰 두부는 블로그에 그렇게 썼습니다. 결국 채식을 하며 사는 사람들에게는 한마디로 아름다움을 발산할 남아도는 에너지가 없는 겁니다. '발산하다'는 말뜻이 누설하듯 이것은 에너지를 필요로 하는 과정이겠죠. 에너지 발산은 실제로 몸에 여분의 에너지가 있을 때 가능하고, 결핍이 올 때는 자동적으로 삭제되어버립니다. 그 밖에도 채식주의자들은 석회와 단백질의 결핍으로 다리와 목 뼈가 주저앉기도 한답니다. 그러니 제 나이에 맞는 이상적인 아름다움에 부합할 수 없다 이겁니다. 그러나 비관적일 건 없다죠, 채식주의자들이란 성적으로 어차피 능동적이지 못하니까요.

사실 제가 사람들 틈에서 움직인다 해도 저는 아예 없는 거나 마찬가지였어요. 특성 없는 남자도 여하튼 남자이기는 했죠. 그러나 저의 존재를 알아채는 사람은 없었어요. 수시로 툭 치거나 발을 밟고 지나가면서도 고개를 숙인 채 올려다보지도 않았죠. 저는 사람이 아니었습니다. 그저 채식성 교통장애물에 지나지 않았죠. 그에 대항하거나 무슨 말을 할 힘을 잃은 지 오래였습니다.

저는 톰 두부에게 이 모든 게 건강한 것인지, 적어도 완전히 힘이 소진되는 것을 막기 위해 그래도 가끔 적은 양의 고기 한 점씩은 먹을 수 있지 않을지 물었습니다. 성별을 잃어감으로써 채식주의의 은혜를 다음 세대로 전달할 수 없으므로 우리 채식주의자가 스스로를 해치는 건 아닐까요. 아니요, 톰 두부는 즉시 답장했습니다. 한 조각의 고기도 절대 봐서는 안 된다고. 아니면 당장 채식주의자의 지위가 박탈될 거라고요.

당시 저는 걸핏하면 울었어요. 그러고 나면 바로 기분이 더 좋아졌습니다. 울 이유가 없으면 슬펐죠. 기분이 더 좋아질 수 없으니까요. 그래서 울었습니다. 소위 그 메커니즘은 제 손안에 있었던 거죠.

한번은 새벽 두시에 소파에서 놀라 일어났습니다. 아마 전날 저녁 거기서 잠이 들었나봅니다. 잠시 저는 잔인할 만큼 명료하게 제가 예전의 저처럼 느껴져 놀랐습니다. 내가 왜 보라색으로 물들인 마 소재의 헐렁한 멜빵바지를 입고 친환경 슬리퍼에 손뜨개 모자를 쓰고 있는지 어안이 벙벙했습니다. 과거에 저는 패션을 아는 사람이었습니다. 멋진 남자, 라고 할 수 있겠죠. 손수 물들인 친환경 의상을 입고 소파에서 잠든, 잿빛 사람 덩어리와는 아무 상관이 없었단 말입니다. 그러고는 다시 떠올랐죠. 제가 채식주의자가 되었다는 것과 외모 같은 건 아무래도 상관없다는 것. 저는 평온을 되찾고 다시 잠들었습니다.

아마 그 무렵이었을 겁니다. 저는 아내가 사라졌다는 걸 깨달았어요. 여하튼 몇 주 넘도록 집안에서 아내를 본 적이 없었습니다. 그리고 어렴풋하게 기억이 남아 있습니다. 그녀가 몇 번 매우 날카로운 목소리로 말을 시키던 일요.

형사님, 물론 형사님 말씀이 옳습니다. 여러 해 같이 산 아내와의 결별에 대해 더 많은 기억이 남아 있어야 마땅하죠. 그러나 목마른 사람은 눈물이 말라버리듯 채식주의자는 상대방에게 마땅히 느껴야 할 감정을 잃고 맙니다. 저는 저 자신을 소홀히 하듯 남도 소홀히 했습니다. 스스로에 대한 걱정 중 확인 가능한 마지막 잔재라고는 나의 리비도가 사라질까 염려된다는 것뿐이었습니다. 과거에는 정력에 자신이 있었죠. 내 몸의 주인은 나라는 느낌요. 몸을 생각하면 죄악과 금기의 모습들이 떠올랐어요. 그래도 톰 두부는 전적으로 옳았습니다. 채식주의를 시작하면서 저는 어떤 종류의 성욕도 느끼지 못했습니다. 예쁜 여자가 지나가면 전에는 찰나의 환상이 있었죠. 맨 살갗과 육체의 조우에 대해서요. 육식을 포기하고 나서부터 이런 환상은 더이상 없었습니다. 아예 환상이란 것이 더이상 없었습니다.

  저의 흥미를 되살리겠다는 희망을 가지고 방문한 에로틱숍은 어느 임대건물의 반지하에 있었습니다. 문턱을 힘겹게 넘어서 우선 숨을 좀 돌리고 주변을 돌아보았죠. 그러나 진열된 인쇄물과 영화들은 싱겁기 그지없었고, 제게는 기껏해야 취침 전 볼거리로 유용

할 것 같았습니다. 저는 화장을 진하게 한 판매원 여자에게 효과가 좀 센 포르노물을 구할 수 없겠느냐고 물었죠. 채식주의자가 된 후로 현저한 문제가 있다고요. 놀랍게도 여자는 아주 흔쾌히, 그리고 친절하게 대해줬습니다. 네, 관대하게요. 그게 요즘 아주 빈번하게 발생하는 문제이니 걱정 말라더군요. 똑같은 문제를 가진 채식주의자들이 매일 이곳으로 오신답니다. 주치의에게 처방전을 부탁해보세요. 제가 필요로 하는 것은 의사의 처방이 꼭 필요하고 그냥 판매대에서 넘겨줄 수 없기 때문이라나요.

의사한테요, 아하. 저는 어이가 없어 말을 더듬었습니다. 어떻게 그런 처방전을 받는단 말입니까? 지난 몇 년 동안 제가 주치의를 찾은 건 독감과 요통, 그리고 부정맥 때문에 한 번이었는데요. 그런 처방전을 부탁하기는 몹시 거북한데…… 달리 추천할 만한 건 없을까요?

물론, 판매원은 말했습니다. 두 층 올라가면 전문

개인병원이 있어요. 보험카드만 가져오셨다면 바로 도움을 받을 수 있을 거예요. 병원은 코딱지만했고 입구 말고는 더 공간도 없는 것처럼 보였습니다. 병원에 들어서자마자 접수대 뒤편의 여자가 아래층에서 왔느냐고 묻더군요. 놀란 제가 그렇다고 하니 여자는 제 보험카드 번호를 입력하고 쌓여 있는 처방전 중 하나를 집어 제 이름을 찍어서 내줬습니다. 우리 둘은 잠시 멍하니 서로를 바라보았죠.

또 뭐 도와드릴 게 있나요, 그녀가 제게 물었습니다. 직접적으로는 아닙니다, 제가 말했죠. 전문의에게 저를 한번 보여야 하는 게 아닐까요? 그럴 필요는 없습니다, 그녀가 말했어요. 그러나 꼭 원하신다면 대기시간이 길어질 텐데요. 의사 선생님은 외근중이시라서요. 약간 떨떠름한 기분으로 저는 이상한 병원을 나왔습니다.

아래층 숍에서 판매원은 웃으며 저의 처방전을 받아들고 저와 함께 뒷방으로 갔습니다. 에로틱숍의 뒷방이라니! 형사님, 그건 확실히 뒷방 중의 뒷방이 아니겠습니까! 그리고 맙소사, 거기 없는 것이 있을까요! 30유로 내에서 고를 수 있었습니다. 판매원이 새까만 비닐봉투를 주었습니다. 저는 다급하게 유독 그럴듯해 보이는 물건을 몇 개 집어넣었죠.

형사님, 상상하실 수 있을 겁니다. 드디어 다시 희망이 보인다! 육류를 먹지 않게 되면서부터 그런 기분은 도통 느끼지 못했습니다. 브로콜리 토막과 쌀과자 사이에서 저의 성적 욕구는 통째로 질식한 거죠. 이제 저는 뛰듯이 집으로 갔습니다. 그나마 이 육욕을 제 안에서 다시 일깨우기 위해서요. 커피 한 잔을 내리고 욕실에 티라이트 몇 개를 켰죠. 얼마 만인가, 두 달, 세 달? 저는 그 순간을 그저 축하하고 싶었습니다. 첫 책부터 예상치 못한 것들을 보여줬죠. 페이지를 넘기면 넘길수록 더 진하고 더 금기시되는 것들이 나왔어요. 아무도 모를 겁니다. 남자와 여자, 가죽채찍과 오카리나 사이에 해부학적으로 가능한 것이 대체 무엇인지. 처음에는 조심스레, 그다음엔 점점 더 세게 저는 저의 성기를 문질렀습니다. 드디어 저는 다시 남자였어요. 무언가 사건이 일어나고, 약간의 흥미가 돌아오며, 저는 다시 살아났습니다!

그러나 형사님, 저의 충격을 생각해보세요! 창피해서 땅속으로, 세상에서 제일 깊은 곳이 있다면 바로 그곳으로 꺼져버리고 싶네요. 아, 안 돼, 소리를 지르고 싶었습니다. 여전히 성기를 부여잡고 있었지만 그것은 더이상 제 몸에 붙어 있지 않았습니다. 거기는 텅 빈 자리가 입을 벌리고 있었어요. 흉터라고 할 만한 것도 못 되었어요. 갈라진 피부 표면에서는 몇 방울의 피가 공포스럽게 빛나고 있었고요. 저는 거세를 했던 겁니다! 저는 다급하게 티라이트를 끄고 책을 봉투에 넣고 저의 성기도 얼음이 가득 든 봉투에 집어넣었습니다. 저를 싣고 병원으로 가는 전차는 느리기만 했습니다.

응급실에서 처음에는 제 문제를 어떻게 설명해야

할지 몰랐습니다. 좀 창피한 일들이야 있는 법이지만, 이거야말로 창피하기로 치면 세계신기록감이었죠. 그러나 의사는 프로답고 능숙했습니다. 더듬더듬 문제를 설명하기 시작한 제게 다짜고짜 물었습니다. 한동안 채식을 하지 않으셨나요. 그는 다 안다는 연민의 시선으로 제 손의 얼음 봉투를 바라보았습니다. 그렇다면 그건 버리셔도 됩니다, 그가 말했습니다. 채식주의의 영양 결핍은 한마디로 페니스를 위한 혈액순환을 불가능하게 한다는 거였습니다. 아주 흔한 부작용인데, 그걸 말해주는 사람이 없었느냐고 묻더군요. 죽은 동물을 섭취하는 건 남성의 기본대사 활성화를 위한 배제할 수 없는 전제조건인데 의식적으로 그걸 포기했다면 굳이 놀랄 필요는 없을 거라고요. 스키를 타는 사람이라면 인대와 무릎의 손상쯤은 계산하듯, 고기를 먹지 않는 사람이라면 페니스가 떨어졌다고 흥분해서는 안 되는 거죠. '아' 하면 '어' 하듯. 위험요소와 부작용. 그는 제게 수면제를 얼마쯤 주었습니다. 상실감에서 조금이나마 헤어나보라고요. 그러나 이렇게 경고했죠. 한꺼번에 한 갑을 다 복용하지는 마세요.

희망/새 출발

 응급실에서의 끔찍한 시간은 운명의 밤으로 이어졌습니다. 이후로 많은 것이 바뀌었죠. 제게는 톰 두부와 그의 비건 친구들만 있는 게 아니었습니다. 저는 논란의 다른 편 토론광장도 살펴보게 된 겁니다. '미트 프렌즈'라는 이름의 공개토론장에서 저는 개인 연락처를 받게 되었습니다. 글을 쓴 사람의 이름은 **육수맛내기69**였는데, 그는 제가 상당히 많은 질문을 하는 게 눈에 띄었다고 했습니다. 제가 사람들 대부분의 비위를 건드리는 질문을 많이 한다고요. 우리 만날까요? 저는 순전히 추진력이 부족한 탓에 그에게 답장을 하지 않았습니다.

며칠 후 **육수맛내기69**에게서 다시 연락이 왔습니다. 제 답장을 받지 못한 것이 놀랍지도 않다고 했습니다. 그도 그 무기력함을 알고 있고 스스로도 그것 때문에 괴로워했다면서요. 그는 아무렇지 않게 이렇게 언급했습니다. 매주 월요일 열네시경 시내 <u>끄트머리 맥도날드</u>에 있겠습니다.

그다음 월요일이 되자 처음에는 저도 망설였습니다. 약속을 정해 누구를 만난 일은 까마득히 오래전이었으니까요. 그러나 호기심은 결국 저를 패스트푸드점으로 이끌었죠. 형사님도, 맥도날드 분명 아시겠지요? 우리 어릴 적에야 이 패스트푸드 사원이 길모퉁이마다 있었잖습니까. 맙소사, 그곳에 가본 적이 언제인지! 저는 어릴 때 부모님과 함께 그곳에 갔던 추억을 떠올렸습니다. 그곳에 대한 저의 추억은 밝았어요. 깨끗이 닦인 테이블이며 네온불빛이며 친절한 유니폼과 화려한 색의 플라스틱 장난감까지 죄다요.

유년 시절의 장소와 중앙도로의 낡은 레스토랑은 거의 유사점이 없었습니다. 맥도날드는 채식 파동을 겪으며 큰 타격을 받았고, 회사는 벌써 세 번이나 사주가 바뀌었습니다. 이름 말고 옛 시절의 광채 중 남은 건 아무것도 없었죠. 우리 둘은 집기도, 고장난 형광등도 지난 이십여 년 동안 바뀐 것이 없는 듯한 어둑어둑한 가운데 낡은 테이블을 사이에 두고 앉았죠. 광고 포스터는 누렇게 바랬고 계산대 너머 문신을 한 남자는 우락부락해 보였지만, 그럼에도 발을 들여놓으니 정감이 있었습니다. 무엇보다 기계에 넣고 돌려 갈아 기름에 구운 죽은 소 살코기의 익숙한 냄새 때문이 아니었을까요.

제가 들어서자마자 한 남자가 테이블 앞에서 일어나 말을 걸더군요. 그 사람이 어떻게 저를 그렇게 빨리 알아보았는지 알고 싶으시겠죠, 형사님? 바로 그것이 제가 그에게 던진 첫 질문이었습니다. 아주 간단했어요. 잿빛 피부, 멍한 눈빛, 흐느적거리는 걸음과 단정치 못한 옷. 그렇게 생긴 건 채식주의자들뿐이죠, 육수맛내기가 말했습니다. 게다가 채식주의자가 맥도날드에서 서성일 일은 거의 없으니까요.

  그는 저를 만나고 싶었던 이유를 설명하는 것으로 대화를 시작했어요. 제 질문을 보고 믿음이 견고하지 않은 사람이란 걸 알았기 때문이라고 하더군요. 그가 몇 가지 답을 해줄 수 있다고요. 저는 그저 건성으로 고개를 끄덕였습니다. 시작한 지 얼마나 됐죠? 그가 물었습니다. 몇 주, 아니 몇 달? 저는 멍하니 그를 바라보았습니다. 시작은 크리스마스 무렵이었어요. 이 년쯤 되지 않았을까 싶네요. 육수맛내기는 진저리치듯 저를 바라보았습니다. 힘드셨겠네요, 그가 말했습니다. 저는 또다시 건성으로 고개를 끄덕일 수밖에 없었고요.

  본명이 베르트인 육수맛내기가 얘기를 시작했습니다. 그도 그 돼지새끼들에게 걸린 사람 중 하나였다고요. 아니, 돼지새끼라는 말로는 그 범죄자들을 표현하기에 부족했습니다. 돼지는 사회적이고 맛있는 동물이지만, 그 풀 뜯어먹는 놈들은 제일 나쁜 기생충이란 말입니다. 이 회충들, 그들이 그를 거의 털어먹을 뻔했지만 지금은 다시 정신을 차렸다고요. 그리고 그는 가능한 한 많은 사람을 다시 건져내기로 결심했죠. 그는 저도 거기서 꺼내주고 싶다며 도움이 필요하냐고 물었습니다.

도움—어쩐지 들어본 적이 있는 말 같았어요. 내가 돕는다, 네가 돕는다, 그가, 그녀가, 그것이 돕는다. 그런데 그게 나와 무슨 상관이지? 어째서 베르트 육수맛내기가 나를 도와? 저자가 미쳤나 아니면 환영을 본 건가, 아님 내가 미쳤나? 그는 제게 적어도 육수 정도는 좀 마셔야 한다고 말했어요. 그러면 다시 정신이 맑아질 거라고요. 아뇨, 저는 채식주의자입니다, 저는 습관적으로 사양했어요. 사양하는 게 몸에 배다 보니 그만 자동으로 말이 나와버렸다며, 저는 육수맛내기에게 미안하다고 했어요.

제가 왜 채식주의자가 되었는지 그는 궁금해했어요. 글쎄, 동물들 때문이죠, 제가 말했습니다. 환경 때문이기도 하고요.

아, 그래요! 동물들이 뭐가 어쨌다는 겁니까? 베르트가 흥분하기 시작했어요. 저는 놀라서 거리를 두고 그를 주시했습니다. 아직 고기를 먹던 때는 저도 흥분할 줄 알았다고요.

그럼 동물들이 집단사육장에서 잔인하게 도살되지 않잖아요, 제가 대꾸했습니다.

내가 그걸 어떻게 아는지 베르트는 궁금해했습니다. 물론 직접 봐서 아는 게 아니라 들은 얘기죠. 저는 늘 제가 먹지 않는 동물들은 도살당하지도 않는다는 생각을 가지고 있었는데요.

모든 게 실상은 더 복잡하죠, 베르트가 말했습니다. 갑자기 내가 채식주의자가 된다고 해서 축산업계의 근면한 노동자들이 나를 위해 고기를 생산해내는 일을 하루아침에 그만둘 수 있는 노릇은 아니에요. 내가 그러기로 결심해도, 이미 많은 동물이 나를 위해 마구간에서 도축될 날을 기다린다고요. 갑자기 채식주의자가 한 명 더 생겼다고 캡티브볼트*라든가 그런 걸 그냥 꺼버릴 수 있나요. 그러니까 불쌍한 동물들을 도살한 다음 바로 쓰레기통에 던져버리는 거죠. 모든 게 그저, 내가 갑자기 그것들을 먹기에는 너무 선량해졌다는 이유만으로요.

 더욱이, 그가 계속해서 설명했습니다. 채식주의자가 얼마나 오래 채식주의자로 머물지 알 수 없는 거잖습니까. 어느 날 내가 마트를 돌아다니다가 맛있는 소고기롤을 하나 사고 싶어질지 누가 압니까. 그가 "롤"이라고 말하는 순간 가슴이 무척 뜨거워지더군요. 친절한 농부들이 그 모든 채식주의자 때문에 육류 생산을 중단한다면, 그들의 사육장을 닫고 스펠트밀을 심

---

*금속봉을 발사하는 총으로, 동물을 도살하기 전 기절시키는 장치.

는다면 그렇다면 더이상 고기는 없겠죠. 몸이 그토록 절실히 필요로 하는데도 말입니다. 마트에서 나를 바라보는 것은 텅 빈 선반일 테고, 언젠가 정육 판매대였던 곳에는 콩잎이 잡초처럼 자라 있겠죠. 그렇다면 다시 정육을 생산하는 데 수년이 걸릴 테고요. 그러니 산업체의 친절한 주인들이 미리 우리를 생각해서 어쩔 수 없이 해마다 수백만의 소위 예비육을 가동시킨단 말입니다. 채식주의자가 다시 이성을 찾을 경우를 대비해서요. 그 말은, 해를 거듭하며 죽은 동물 수백만 마리가 곧장 쓰레기장에 내던져진다는 말이죠. 채식주의 때문에요. 빌어먹을 채식주의자들이 퍼넣는 그 모든 곡물과 채소가 어디선가 조달되어야 하니 그만큼 먹을 것을 빼앗긴 동물들은 기아에 허덕이게 된다는 점을 제외한다 하더라도 말입니다.

그리고 생산되지 않는 다른 동물들을 생각해본다면, 그 동물들이 좋을까요. 죽는 것이 무서워서 태어나지 않기를 바라겠느냐고요? 저는 그를 찬찬히 바라보았습니다. 바로 그 주 제 머릿속을 채운 것이 그런 생각들이었거든요.

아니죠, 베르트가 말했습니다. 지금 현재 저의 상황은 전혀 상관없다고요. 과거에, 정상일 때를 생각하라고요. 아마 그때의 나라면 삶을 원치 않을 리가 없었을 거라고요. 그리고 맛있는 닭, 육즙 가득한 돼지, 고소한 송아지들도 나를 위해 태어나기를 원했을 거라고요. 그 계획을 제가 제 삶에 적대적인 생활 방식으로 망쳐놓고 있다고요. 낙태에 찬성인지 반대인지 하는 질문은 채식주의자의 경우 하나마나겠죠. 이 사람들은 여하튼 매일 태어나지도 않은 생명을 근절하고 있으니까요.

하지만 환경은요, 제가 질문을 던졌죠. 환경은 어떻게 되는 겁니까?

흥, 환경이라고요! 베르트는 그저 손을 내저을 뿐이었어요. 동물이 있다고 환경에 해가 된 것이 언제부터인가요? 그것만 봐도 얼마나 거꾸로 돌아가는 세상인지 알 수 있죠. 환경에 해를 입히는 유일한 동물은 채식주의자예요. 당연히 소들은 풀을 뜯어먹고 방귀를 뀌겠죠. 하지만 어째서입니까? 그전에 풀에 든 유해한 가스를 모아 이따금 배출해줘야 하니까 그런 것 아닙니까. 생각을 해봐야 한다고요. 온 세상이 갑작스레 채식주의로 바뀌면 어떻게 될지를요. 그렇다면 사람들은 맛있는 스테이크와 육즙 가득한 슈니첼 대신 콩, 완두, 녹두를 먹겠죠. 그다음에는요? 수억 명의 사람이 깍지열매로 연명한다면요? 심각한 가스폭발이 그 결과겠죠! 그에 비하면 간혹 뀌는 소들의 방귀쯤이야 영향이 미미할 뿐이죠. 엄밀히 말하면 소들은 우리를 대신해 방귀를 뀌어주고 있는 거예요.

게다가 에너지 절약형 주택을 세우겠다고 살던 집을 헌다든지, 연비 절약형 자동차를 사겠다고 소유한 자동차를 바닷물에 처박는다든지 하는 것도 환경친화적인 건 아니잖습니까. 말 한 마리를 갖겠다거나 소 한 마리를 살려주고 싶어하는 아홉 살 여자아이의 눈으로 채식주의를 바라볼 수만은 없는 겁니다. 인류가 갑자기 손바닥 뒤집듯 대규모 채식주의에 빠져든다면 마구간이며 기계적 분리육, 사일로*, 배합사료지방탱크 등은 철거되고 싱그럽고 푸른 초원을 경작지로 전환해야 합니다. 지구온난화를 유발하는 가스를 배출하는 대형 마트의 냉장고들은 폐기되어야 하고, 육류와 소시지류를 위해 준비해뒀던 플라스틱 포장재들도 버려지겠죠.

    기왕 환경 얘기가 나왔으니 말인데요. 인류가 사고란 걸 하게 된 후로 식물과 나무를 위한 최고의 비료가 대체 뭐란 말입니까? 당연히 똥이지요! 그리고 이 채식 돌림병 탓에 더이상 생산되지 못할, 식물을 위한 값진 양분은 무엇입니까? 역시 같은 것이지요. 그러니까 동물과 환경이 앓고 있다고 하는 사람은 말이죠, 확실히 하나만 알고 둘은 모른다 이겁니다. 그가 저더

---

* 젖산 발효 사료를 만들기 위한 저장고.

러 한번 생각해보라며 그러는 동안 작은 컵으로 육수 한 잔 마셔보라더군요. 머리가 다시 잘 돌아가도록요.

그렇게 그는 저를 설득하고, 설교하고, 열을 올렸어요, 형사님. 저는 그더러 진정하라고 부탁했습니다. 아직 그렇게 드라마틱한 것은 아니잖냐고요. 드라마틱하지 않아요? 베르트는 흥분했습니다. 드라마틱하지 않다고요? 한 번, 한 번만이라도 평화와 '모두를 위한 육류'와의 관련성에 대해 생각해보라고요. 서유럽이 이미 육십여 년 넘게 평화롭게 지내고 있다는 사실이 떠오르지 않느냐더군요. 미합중국과 캐나다의 마지막 전쟁이 일어났던 게 언제였죠. 여전히 전쟁이 발발하는 곳은 곡물을 재배하는 나라, 빵과 콩류 말고 먹을 것이 없는 곳뿐이에요. 그곳에서는 당연히 사람의 동물적인 속성, 네, 야만성이 폭발한 거죠. 거꾸로 사람들이 소비할 고기가 충분하다면 전쟁은 일어나지 않을 겁니다. 채식주의자들은 그릴판 밑의 불을 꺼버리는 게 아니라 온 세상을 화염 속으로 몰아

소시지와 광기

넣는다고요.

  조금 거부감이 들더라고요. 뭔가 핑계를 대고 베르트 육수맛내기와 헤어졌습니다. 그는 벌겋게 달아오른 얼굴로 XXL 메뉴를 시키더군요. 계산대 뒤의 남자에게 빵과 감자튀김은 빼라고 하면서요. 헤어지면서 그는 말했습니다. 그의 말들이 저를 휘저어놓은 줄 안다고요. 그러나 그게 바로 그가 의도한 바였다고요.

  힘겨운 대화에도 불구하고 패스트푸드점을 나올 때 저는 기운이 좀 생겼다는 걸 알게 되었습니다. 튀김기름 냄새가 좋은 효과를 가져왔다는 걸 정말 온몸으로 느낄 수 있었습니다. 뜨거운 조리대에서 구워지는 햄버거 패티의 지글거리는 배경음이 얼마나 좋던지! 그러나 그것도 잠시 바깥바람을 쐬며 몇 걸음 걷자 힘과 즐거움과 희망이 없는 예의 채식의 느낌이 되살아났습니다. 옷깃을 여미고 얼굴을 그 속에 파묻어 그 순간을 잠시 더 붙잡으려고 했어요. 재킷 속에 아직 희미하게 남은 맥도날드의 냄새가 풍겨왔습니다. 그러나 행복한 순간은 허무하게 스쳐지나갔습니다.

대화를 마치고 집으로 돌아온 저는 육수맛내기가 했던 말들을 골똘히 생각해야 했습니다. 그가 결국은 옳은 게 아닐까? 그러나 그렇다면 그 뒤에는 거대한 음모가 도사리고 있다는 뜻이었습니다. 그가 옳다면 육식의 장점과 채식주의의 위험성에 대한 모든 정보가 고의로 은폐되고, 채소를 먹는 것에 대한 조작된 정보만이 대중에게 알려지고 있다는 것이었습니다. 말도 안 되는 생각이었죠.

그러나 그다음에는 에로틱숍의 판매원이 떠올랐습니다. 한눈에 보기에도 기계적으로 나를 다루지 않았던가. 그리고 매일 채식주의자들이 가게를 찾아온다고 하지 않았나. 의사도 없는, 불쌍한 사람들에게 하드코어 포르노그래피 처방전을 넘겨주고 돈을 받는 것 말고는 아무 일도 없어 보이던 그 병원은 또 뭔가? 그 말은 적어도 그 처방전을 나눠주는 것만으로도 병원을 차릴 만하다는 얘기가 아닌가. 응급실의 의사는 또 어땠나. 기계적으로 나의 페니스를 보더니 곧바로 원인을 짐작하고는 능숙한 손길로 상처를 다루지 않았는가. 그전에 나는 누구한테서도 그런 끔찍한 사고에 대해 들어본 일이 없는데, 그에게는 그것이 마치 응급실의 일상인 것처럼 보였단 말이지.

  그러니까 수많은 근거가 있었습니다. 채식주의자로서 계산에 넣어야 할 끔찍한 부작용이 있는데도 매스컴에서는 단 한 마디 들을 수가 없다니요. 그날 밤 저는 제대로 잠을 이룰 수 없었습니다. 저는 꿈에 숭고한, 신과 유사한 존재를 보았습니다. 그는 저를 퀭한 눈으로 슬프게 바라보며 물었습니다. 왜 그를 의심하느냐. 그 존재가 무엇인지 잘 모르겠는데도 저는 반박하려 했습니다. 그러나 말이 나오지 않았어요. 입이 좁쌀 포리지로 막혀 있고, 끔찍한 탕개목이 후두부를 압박하고 있었거든요. 저의 반감이 말이 되어 나오지 못하는 상태였던지라 그 존재는 천천히 슬프게 말을 계속했죠. 제 생각은 이렇습니다. 대체 왜, 동물들의 고기를 그렇게 맛있게 만들어놓고 내 손에 스테이크 나이프를 선물했나요? 이른바 저의 포기란 실제로는 조롱거리일 뿐일 테죠. 저는 말하고, 소리지르고 싶었습니다. 아니요, 그렇지 않습니다. 그러나 말들은 목 안에 달라붙어 있었죠. 저는 호흡곤란과 목을 압박하는 불편한 느낌과 함께 잠에서 깼습니다. 그리고 곧장 컴퓨터를 켜고 다시 베르트와 약속을 잡았습니다, 형사님.

제 경우 속도가 빠르다고 했습니다. 어둑어둑한 패스트푸드점에서 육수맛내기가 반갑게 인사했습니다. 다른 사람들은 더 오래 걸렸을 거라더군요. 저는 여전히 정보 때문이라고 선을 그었습니다. 그 뒤에 숨어 있는 것이 무엇인지, 어째서 채식주의의 그늘진 면에 대해 알려지지 않은 것인지.

베르트가 콧방귀를 뀌었습니다. 악마에게 그림자가 없듯이 채식주의의 그늘진 면 같은 건 없습니다. 채식주의는 밤이고, 그 자체가 어둠이란 말입니다. 그 뒤에는 폭력을 행사할 준비가 되어 있는 불교신자들, 제약산업, 무기산업, 의사협회, 포르노산업, 채소 재배농가는 물론 콩과 두부 산업체가 거대한 집단을 이루고 있다는 거죠. 진짜 이유가 무엇인지는 누구도 알 수 없어요. 그러나 큰일인 건 분명하고, 부적절한 장소에서 너무 많은 질문을 하는 사람은 빠른 시일 안에 두엄더미 위에서 뇌에 총탄이 박힌 채 발견되겠죠.

제약산업은 말입니다, 베르트가 말했습니다. 당연히 큰 관심이 있죠. 그 좋은 비타민들, A, B, E, G, L 그리고 J 같은 것들이 대체되어야 하니까요. 사람이 고기를 더이상 섭취하지 않는다면요. 저는 이제껏 G, L, J는 들어본 적이 없다고 반박했습니다. 물론 없겠죠, 베르트가 말했습니다. 그건 콜레스테롤과 다이옥신, 연골 같은 육식을 먹는 사람이라면 누구나 충분히 섭취하는 흔하디흔한 성분들이니까요. 그러나 채식주의 라이프스타일의 침략으로 이제 대량의 결핍현상이 나타나고 있는 겁니다. 다시 약으로 치료해야 하는 거죠. 변비약과 우울증약, 수면제, 마취제 같은 것은 말할 필요도 없고요.

그리고 당연히 포르노도요. 고기를 먹는 사람들은 당연히 리비도를 느끼고 살아갈 수 있죠. 그러나 채식주의자들에겐 포르노 아니면 원치 않는 독신생활뿐입니다.

무기산업도 여하튼 더 나은 것을 상상할 수 없겠죠, 베르트가 말했습니다. 고기가 없는 세상은 무기가 잠들 수 없는 세상이라는 뜻이니까요. 지난 세기 동안 갈등이 첨예화된 곳들을 보셨나요? 수단, 파키스탄, 스리랑카, 어딜 봐도 고기가 없어요. 아주 큰 문제입니다, 베르트는 말했습니다. 거대한 문제예요.

재앙이나 다를 바 없죠, 그가 말했습니다. 전 세계에 걸친, 지구의 재앙, 채식주의를 통한 역사의 종말이라고요. 세상을 카르마와 같은 코마 상태로 가라앉히는 거죠, 뭔가 아주 큰. 저는 미심쩍게 쳐다보았습니다. 바로 형사님처럼요. 그러나 그건 불난 집에 부채질한 격이었습니다. 그는 저더러 채식주의자 연합의 엄격한 위계에 대해 생각해본 적이 있느냐더군요.

저는 그에게 그런 연합에 가입한 적이 없다고 말했습니다. 그저 우연히 채식을 하게 된 거라고요. 무슨 모임 같은 데는 가지 않고, 위계 같은 걸 느껴본 적도 없고, 그보다 완전히 혼자라고요.

허, 베르트가 받아쳤습니다. 그런 말은 이미 수천 번 들어봤다고요. 사이비 종교의 희생자들 대부분이 그렇게 말을 시작할 거라나요. 거의 우연에 가깝게 입문했다고요. 당연히 전 세계적인 공모에 정기적인 지역 모임이나 그 비슷한 것은 없을 거라고 했습니다. 그럼에도 저 같은 평범한 채식주의자는 확실히 위계질서의 아래쪽에 있다고요. 물론 조직의 적으로 간주될, 혐오스러운 육식주의자들인 카니보어만큼은 아니겠지만요. 그래도 여전히 달걀이나 우유를 먹지 않고 가죽은 입지 않는 비건보다는 낮을 겁니다. 비건 위에는 콩류와 채수菜水만 먹는 매크로바이오틱이 있지만요. 그 위에는 또 식물이 그들에게 기꺼이 제공하는 것만 먹는 프루테리언이 있죠. 그 위에는 다시 프리프루테리언이라는 게 있습니다. 그들은 식물이 그들에게 기꺼이 제공하는 것이라면 마트의 쓰레기 컨테이너에서라도 그것을 끄집어낼 사람들이죠. 위계의 더 위에는 프리프루리지듀얼리언이라고, 그늘을 드리우는 것은 먹지 않고 프리프루테리언들이 먹고 남긴 것만 먹고 사는 사람들이죠. 그리고 아주 소수의 그룹이지만 지도자격 엘리트인 프리프루레스디펙티언이라는, 결론적으로 프리프루리지듀얼리언들의 쓰레기와 분비물만 섭취하는 사람들이 있습니다. 이 엘리트들, 간단히 말해 영양섭취의 순결함에 관한 단계로 나누자면 '7단계'에 속하는 이들이 모든 과정을 조종하고 통제하는 겁니다. 이 모든 것이 엘리트 중심, 아니 군국주의적인 체제인 거죠. 왜냐하면 명백히 소수만이 7단계에서 살아남을 수 있으니까요.

설명을 마친 육수맛내기는 지쳐 보였습니다. 저는

툭 터놓고서 그가 여기서 해준 이야기를 전부 믿을 수는 없다고 말했습니다. 고기를 먹지 않는 사람들이 작당해 세상을 화염으로 몰아넣을 음모를 꾸민다는 건 도를 넘는다고요.

   네, 그건 좀 심하긴 하죠, 그가 인정했습니다. 그러나 실상에 눈뜰 준비가 되어 있는 사람이라면 볼 수 있을 거라고요. 저더러 인터넷에서 두부 곰들에 대해 좀 조사해보라더군요. 그렇게 윤리적으로 정당한 음식물을 얻기 위해 살해되는 것들, 맛있는 음식물의 중요한 구성요소이면서 의약품과 마가린 산업체들의 연합으로 수십 년 동안 지탄의 대상이 된 콜레스테롤 사기에 대해서요. 그는 여하튼 뜻이 같은 친구들과 함께 육식파의 저항을 계획하고 있다고 했습니다. '내 음식이 네 음식에 똥을 눈다!'라는 스티커도 제 손에 쥐여줬어요. 소 한 마리가 양상추 위에 막 한 무더기 볼일을 보는 모습이 그려져 있었습니다. 곰곰이 생각해보기. 그저 작은 컵으로 육수 한 잔을 마시며 곰곰이 생각해보기만 하면 된다고 했어요. 더이상은 제게 요구하지 않는다면서요.

재발/전진

  빌어먹을, 저는 생각했습니다. 사실 육수맛내기의 말은 옳았습니다. 제 말뜻이 뭔지 아시겠습니까, 형사님? 과거에는 어디에나 고기가 있었잖습니까. 상점 진열대에, 간이식당에, 뷔페에, 구내식당에요. 그 시절이 나빴다고 진심으로 주장할 사람은 없을 겁니다. 원시시대부터 인간은 고기를 먹을 수 있으면 기뻐했습니다. 저 자신도 매일매일 고기를 먹었고 컨디션이 좋았어요. 거의 하루도 아픈 날이 없었죠. 그러고 나서는요? 저는 상상할 수 없을 만큼 상했고, 힘이 없고, 더이상 삶의 낙이 없었습니다. 그런데 육식을 포기하는 것이 어떤 의미도 없고 심지어 그렇게 해서 두부산업의 끔찍한 공모를 지지해왔다면 그에 대항해 뭔가 행동할 시기였던 겁니다. 저는 다시 고기를 먹기로 결심했습니다.

오랜만에 첫번째로 먹을 고기 요리를 선택하는 데는 이틀도 더 걸렸습니다. 육수맛내기가 제안한 육수는 제게 너무 평범한 것 같았습니다. 너무 격이 없다고 할까요. 마치 이상형의 여인을 라스베이거스의 교외로 데려가 결혼하는 것과 다를 바 없었죠. 길거리 간이식당에서 뭔가 사들고 오는 것도 맘에 들지 않았습니다. 요즘의 소시지 제품이란 게 대체로 얼마나 고기 함량이 낮은지, 이때다 하고 으깬 콩과 빵가루를 가득 넣어서 채식 제품들과 별 차이가 나지 않는다는 걸 아는 사람이 거의 없죠. 빅사이즈 피 소시지는 어떨까? 굳지 않은 깨끗한 돼지 피에 몇 가지 양념만 첨가된 것으로? 접시에서 모락모락 김이 오르는 첫 식사를 기억하겠지, 농부가 도축한 후 자기 몫으로 먹을 수 있는 그 식사. 아니면 절인 목살 편육은?

결국 허브버터를 곁들인 홍두깨살스테이크로 결론이 났습니다. 그것이야말로 진짜, 조작되지 않은, 제가 찾던 음식이었죠. 게다가 씹을 것도 많았습니다. 오랜만에 처음인 이 식사시간을 저는 기억에 남을 경험으로 만들고 싶었습니다.

그동안 마트의 분리된 정육 코너에 가기가 더 어려울 거라고 생각했었죠. 다른 손님들이 경멸의 눈으로 나를 보지 않을까, 내 앞에 문이 열릴 때까지 오래 기다려야 하지 않을까? 하지만 아주 쉬웠어요. 문 앞에 선 남자가 신분증을 보자고 하는 일도 없이 저는 어느새 안에 들어가 있었죠. 그곳에는 유리 뒤에 몇 킬로그램씩 행복이 걸려 있었습니다. 오래지 않아 그 풍경도 제 눈에 익숙해졌죠. 조금 더 달아도 되겠느냐고 판매원 여자가 물었을 때, 저는 무릎에 힘이 빠지고 행복에 겨워 거의 기절할 지경이었습니다. 죽은 동물한 덩어리가 든 가방이 어찌나 가벼운지 가방만 붕 뜬 것이 아니라 저마저 붕 뜨게 만드는 것 같았습니다. 얼마나 기쁘던지요!

집으로 돌아온 저는 우선 충격을 받았습니다. 형사님께는 이상하게 들리겠지요, 지금은 당연히 저도 이상하게 느끼니까요. 그러나 당시의 저는 여자친구를 처음 집에 초대한 것 같은 눈으로 집안을 둘러보고 있었습니다. 맙소사, 그 꼴이 다 뭔지! 제 스테이크에게 그런 부엌을 보여주다니 안 될 말이었어요. 저는 급히 청소를 했죠. 비건 스프레드 몇 병을 버리고, 커다란 두부 조각을 변기에 씻어내리고, 창가의 콩싹을 내다 버렸어요. 그런대로 봐줄 만해지자 저는 맛있는 힘줄 덩어리를 가방의 어둠과 종이의 답답함에서 해방시켜 제일 좋은 접시 위에 꺼내놓았죠. 굽기 전에 잠시 숨을 쉬게 해줘야죠.

그러고 나서 저는 욕실로 갔습니다. 씻고, 면도하고, 향수를 뿌리려고요. 이렇게 좋은 날이! 옛날 정장은 흘러내려 사실상 몸에 걸쳐진 데 불과했지만 여전히 제가 가진 제일 좋은 옷이었습니다. 주물 프라이팬은 냄비장의 제일 안쪽 구석에 말 그대로 처박혀 있었습니다. 프라이팬을 꺼낼 때 그것이 저를 마치 놀라움과 모욕이 뒤섞인 눈으로 바라보는 듯했죠. **오―늘은 내 인―생의 후반전이 시작되는 날!** 저는 콧노래를 불렀습니다. 나를 위해 도살하고 갈라서 포장한 동물의 근육과 힘줄을 드디어 다시 먹어도 된다니, 그것은 진짜 인생이었습니다! 네, 아마 동물들에게는 꼭 맞는 말이 아니겠지만, 동물들의 진짜 왕인 저한테는 그렇다는 거죠.

구이용 기름을 고르는 데도 꽤나 고심했어요. 제가 뭘 골랐을까요, 형사님? 채식주의라는 제 기행을 끝내는 걸 축하하려면 코코넛오일에 고기 한 조각을 지져야 했을까요. 아니면 적어도 이론적으로는 이 고기를 키우려고 했던 어미 소에게서 유래했을 수도 있는 버터에? 아뇨, 저는 라드를 택했습니다. 죽은 돼지의 배에 낀 기름 한 덩이에 지글지글 구워낸 죽은 소의 등심보다 맛있는 게 어디 있겠습니까?

  떨리는 손으로 저는 돼지기름 덩어리를 포장한 종이를 열었습니다. 고소한 동물성 지방의 냄새가 코를 간질여 당장 한입 베어물지 않도록 꾹 참아야 했어요. 마음 같아서는 이 맛있는 네모난 지방덩어리들을 그 자리에서 먹어치우고 싶었습니다. 생각만 해도 좋아 죽겠더군요. 하지만 그랬다면 중요한 행사를 망치는 결과가 되었겠죠. 그건 제가 믿을 수 없이 아름다운 여자와 사랑을 나눌 밤에 초대받아 가는 길에 그녀의 집 앞에서 흥분을 참지 못하고 엉뚱한 여자와 욕구를 푸는 것과 뭐가 다르겠습니까. 저는 그 생각이 즐거웠어요. 저는 다시 삶으로 귀환한 것이었습니다. 말하자면 고기의 즐거움이 고기의 즐거움을 낳은 거죠.

  돼지기름이 프라이팬에서 투명해지며 빛나자 저는 조심스레 스테이크를 팬 위에 올려놓고 곧바로 지글거리는 황홀한 소리에 놀랐죠. 얼마나 그립던 소리인

가요. 집안 구석구석 짙게 깔리던 고기 굽는 냄새! 이 소리를 듣는다면 이웃들은 무슨 생각을 할까, 고기 굽는 냄새를 맡는다면 또 무슨 생각을 할까. 아무래도 상관없었습니다. 화상을 입지 않으려면 안간힘을 써야 했습니다. 왜냐하면 마음 같아서는 프라이팬 안의 스테이크에 키스를 하고 싶었거든요. 몇 초 후에는 더 참을 수가 없어 그 고깃덩어리를 좀전에 숨쉬게 했던, 같은 접시에 올려놓았습니다. 그러고 보니 거기에는 적은 양이지만 보기 좋게 핏물이 고여 있었죠. 저는 분위기에 취해 허브버터를 깜빡했다는 것이 떠올랐습니다. 그러나 상관없었습니다. 어차피 그건 이 오후의 주된 매혹에서 제 시선을 비껴가게 할 뿐이니까요. 저는 다급하게 떨며 나이프의 톱날로 힘줄을 잘랐습니다. 갈색으로 살짝 구워진 겉면이 촉촉하게 피가 섞인 속살을 감싸고 있었죠. 한 조각, 한 조각 저는 고기를 입안에 넣고 남은 치아로 잘게 잘랐습니다. 이제 드디어 다시 뭔가 제대로 된 음식을 먹게 되었으니 치과에 가볼 만하겠군, 저는 생각했습니다.

  형사님, 말씀드리지만, 제가 여기서 말하는 스테이크는 컸습니다. 아주 컸어요. 그러나 400그램 중 마지막 조각을 몸속에 넣었을 때, 똑같은 걸 하나만 더 먹었으면 싶은 생각이 간절하더군요. 행복에 겨워 저는 피가 흐르는 기름기 낀 접시를 그대로 선반에 올려놓아도 될 만큼 깨끗이 핥았습니다. 이 행복의 순간을 자진해서 포기했었다는 걸 믿을 수 없었습니다. 죽음이 당시 문을 두드렸다면요, 저는 흔쾌히 들어오라고 했을 겁니다. 그렇게 죽어도 좋은 시간이었으니까요.

  그러나 그 밤이 지난 후 부드러운 고요 대신 고통스러운 각성이 찾아왔습니다. 끔찍하고, 점점 심해지는 위경련이 저를 깨웠습니다. 거의 믿기지 않는 마음으로, 하지만 몸에 복종하며, 화장실로 달려간 저는 끔찍한 경련 속에서 쏟아내듯 구토해야 했죠. 다시! 다시! 또다시! 제 몸이 스테이크의 모든 힘줄을 쥐어짜내버리려는 듯이요. 결국 저는 몸도 마음도 지치고 탈진한 채 침대로 돌아가 누웠습니다.

아침이 되었을 때 저는 육수맛내기에게 분노에 찬 메일을 보냈습니다. 다시 지지 세력을 바꾸려던 저의 시도에 대해, 그리고 제가 어떤 끔찍한 결과를 맞닥뜨렸는지에 대해 알렸죠. 채식 섭취가 아마 그래도 내 몸을 위해 옳은 것이 아닌지 모르겠다고, 저는 썼습니다. 저는 아주 의도적으로 그를 자극하고 싶었죠.

그는 속히 답장했습니다. 맙소사, 무슨 짓을 한 거냐고요. 어떤 경우에도 그렇게 오랜 채식 기간 후에 고깃덩어리로 시작해서는 안 되는 거라고요. 수년 동안 가뭄으로 메마른 밭에다 곧장 수박을 심는 거나 다름없다고요. 모든 일에는 시간이 필요한 법이고, 제 몸은 한마디로 더이상 좋은 것에 익숙지 않으니 천천히 접하게 해야 한다고, 자기가 분명히 육수를 마시라고 수십 번 권하지 않았느냐고요. 저는 몇 년 만에 소파에서 일어나 곧장 마라톤에 나가 뛰겠다는 은둔족이나 다름없다고요.

한 시간 만에 초인종이 울렸습니다. 베르트가 근심스러운 어머니처럼 한 봉지 가득 내장을 들고 온 것이었습니다. 그리고 그것으로 맛있는 육수를 만들었죠. 처음에는 저도 조심스러웠다가 이내 흔쾌히 걸신들린 듯 육수를 마셨습니다. 그리고 실제로 몸이 받아들였죠. 제가 잘게 썬 위, 심장, 목 같은 냄비 안의 건더기를 먹으려 하자 그는 멈추라고 했습니다. 이제 천천히 오르막이니 시간을 두라고, 육수맛내기가 말했죠. 돌아오는 주에는 벌써 소시지 하나 아니면 미트볼 하나 정도는 시도해볼 수 있을 거라고요. 그리고 저의 홍두깨살스테이크는 다음달에도 시간이 있을 거라고요.

희망이 보였습니다.

기쁨/의심

그리고 기운을 되찾았습니다, 형사님! 짧은 시간 안에 저는 매일이 아니라 매끼 고기를 먹었어요. 아침과 점심 사이에는 작은 소시지 브런치를 끼워넣고, 점심과 저녁 사이에는 미트볼 간식을, 저녁식사 후에도 작은 소시지와 겨자, 햄맛 칩을 곁들인 가벼운 스낵을 준비했죠. 간단히 말해, 저는 이전에 얼굴을 가졌던 것이면 뭐든 다 먹었습니다. 저한테는 그것이 재건의 양분이었습니다. 그때까지 그렇게 즐긴 적이 없었고 혈액세포 하나하나, 호르몬 하나하나, 항생제 1밀

리그램까지 구분해서 모두 느낄 수 있다고 생각했습니다.

  게다가 정신적인 면도 훨씬 나아졌죠. 하루는 나무를 뽑아버릴 수도 있을 것 같은 느낌이 들어서 그렇게 하기로 충동적인 결정을 했어요. 저는 도시 공원으로 가서 나무 몇 그루를 뽑아버렸습니다. 안 될 거 있나요? 예전 같으면 그러는 거 아니라고 스스로에게 말했겠죠. 그러나 그들도 제가 고기를 먹을 때 그렇게 말했잖습니까. 먹지 마라, 도살하지 마라. 그 결과는 어땠습니까? 좌절과 거세였어요. 작은 나무들은 뿌리가 뽑힐 때 우지끈 소리가 나더군요. 그리고 나니 기분좋은 피곤함이 몰려왔습니다. 나무라도 뽑을 것 같다. 이게 그냥 하는 말이 아니라는 걸 알겠더군요.

  제 바지 속에서도 조금씩 일어나고 움찔거리는 것이 있었습니다. 흉터하고는 영원히 함께 살아야겠지만요―그 흔적이 제 기억에 남아 경고할 겁니다―, 그러나 피가 바로 그 부분을 다시 움직이게 했고 저는 여하튼 상상발기를 경험했습니다.

그렇게 계속될 수 있었겠죠, 형사님. 그렇게 계속되었어야 했다고요. 그러나 저는 그 이상을 원했습니다. 그래서 하루는 다른 사람들을 구해내기 위해 뭔가 하고 싶다고 베르트에게 말했습니다. 제가 구조된 걸 선물이 아닌 일종의 의무로 봤기 때문에요. 어디로 흘러가는지 알 수 없는 채식주의의 그릇된 길에서 피해당사자들이 벗어나도록 설득해야 한다고 말입니다.

그는 시험하듯 제 눈을 들여다보았습니다. 잘 생각해보신 건가요? 위험부담이 큰데요, 예측할 수 없을 만큼 커요. 베지스텐, 그는 채식주의자를 경멸하듯이 그렇게 부르는데요, 그들은 어디든 있어 아주 조심스레 움직여야 한다고 했어요. 우리가 처음 만난 날 자기 바로 등뒤에 비상구가 있던 거 눈에 띄지 않았느냐면서요. 약속한 시간에 저 대신 헝겊신을 신은 긴 머리 창백한 낯짝들이 떼거지로 밀려들어왔다면 도망갈 길이 하나 더 있었던 거라고요. 도주로. 빠른 다리. 좋은 눈. 이런 일을 하는 사람은 그런 게 필요하다고 했어요. 그러나 따지고 보면 우리 육식파에게는 문제될 것이 없죠. 최소한 우리는 제대로 영양을 섭취하고 있으니 말입니다. 우리의 감각은 살아 있고, 우리의 반사능력은 잘 발달되어 있거든요.

저는 심호흡을 하고 말했습니다. 네, 충분히 깊이 생각했습니다. 저는 육식파 지하조직의 일원이 되고 싶었습니다. 좋아요, 베르트가 짧게 말하고 제게 주소와 시간을 불러줬어요. 그곳으로 가라고요. 암호는 "밤비". 저는 빠르게 고개를 끄덕였고, 베르트는 사라졌어요. 집에서 저는 빵가루 반죽 옷 없이 빨리 요리할 수 있는 송아지슈니첼을 구우며 흥분으로 펄떡이는 관자놀이의 핏줄을 느꼈습니다. 송아지슈니첼을 선택한 건 좀 가벼운 것으로 먹고 싶어서였습니다. 도축할 때 방출되는 아드레날린 말고도 호르몬과 항생제 범벅인 다 큰 소의 고기는 추운 겨울 오전에 더 어울리죠. 몸에 약간의 기운을 북돋울, 연한 송아지고기야말로 그 상황에서 저를 진정시키기에 제격이었어요.

  주소를 따라가보니 철물점이었습니다. 저는 머뭇머뭇하며 맞춤못과 나사, 드릴 등이 있는 선반 사이를 돌아다녔어요. 계산대 뒤에 푸른 나일론 작업복 차림의 한 남자가 서 있었죠. 제가 보기엔 특별히 눈길을 끄는 점이 없는 남자였습니다. 그럼에도 저는 마음을 단단히 먹고 계산대로 가서 남자의 눈을 들여다보며 말했어요. "밤비." 그가 조사하듯이 뜯어봐서 저는 암호를 반복했습니다. 그러자 남자는 고개를 끄덕이며 저더러 따라오라고 손짓했죠. 남자는 '직원 전용'이라고 쓰인 육중한 문을 열었습니다. 널빤지를 대 마감한 안쪽 방 벽에는 사슴뿔과 동물가죽이 걸려 있었습니다. 그 너머로 '육식파 친구들'이라고 찍힌 배너가 걸려 있었고요. 저는 음식이 놓인, 당연히 고기가 전부인 커다란 테이블의 상석에 앉은 베르트를 알아보았습니다. 돼지 한 마리가 기름을 떨구며 직화 위에서 빙글빙글 돌아가고 있었죠. 테이블 한가운데에는 곁들임 음식으로 차가운 미트볼이, 그 옆에는 김이 오르는 내장 라구가 한 통 있었습니다. 소스 대신 매운 양념을 한 저민 허파와 소의 내장 페이스트만으로도 충분했습니다. 저는 빈자리를 골라 앉아 우선은 경청했죠. 군인 같은 말투로 오래된 과제들이 토론되고 새로운 과제들이 주어졌습니다. 베르트가 아마도 이 조직의 우두머리인 듯했습니다. 채식주의 라이프스타일에 맞설 여러 전략이 진지하게 논의되었습니다.

이 첫 만남에서 저는 이미 과제를 부여받았습니다. 다음 만남까지 베르트가 부르는 대로라면 베지 셋을 전향시키는 것이었습니다. 그는 제게 유기농 시장에 가서 채소가 한가득인 바구니를 들고서 눈은 간절하게 고기 판매대를 향해 있거나, 인터넷 토론광장에서 제가 과거에 그랬듯 의심하는 사람들이 나타나길 기다리라고 했어요. 그러나 채식주의의 전사들인 비건은 조심하라고요. 완전히 동물성 제품 없이 사는 세상을 위해 죽을 각오로 싸우는 존재들이니까요. 헝겊으로 만든 신발, 손뜨개 허리띠와 크로스백을 보면 그들이란 걸 금방 알 수 있어요. 심한 단백질 결핍으로 그들에게는 잇몸이란 게 없고, 여자인지 남자인지 도무지 구분이 되지 않는다니까요. 이 전투적인 채소 소비 부대는 피해야 하는 것으로 알고 있으라고, 삶과 죽음 사이 어디엔가 머무는 그들과 싸워 이긴다는 건 무리라고요.

그 말은 큰 도전처럼 들렸지만, 그래도 저는 모인 사람들의 믿음을 얻기 위해 뭐든 하고 싶었습니다. 이미 자정에는 도로변에서 음식을 파는, 전부터 잘 가는 그 간이식당에 앉아 있었습니다. 여기서 밤은 노랑 빨강 네온불빛으로 굶주린 집단을 불러들이죠. 감자튀김과 치즈빵, 무엇보다 커리소시지와 삶은 소시지, 구운 소시지, 탱글탱글한 소시지, 슈니첼이 있지요. 전부 우선 튀김기에 들어갔다가 다음에는 절단기, 그다음에는 선택에 따라 소스 밑으로, 그러고 나서 종이그릇에 플라스틱 꽃이가 꽂혀 고객의 얼굴 앞으로 가는 거죠.

저는 트럭 운전사들이 먹는 특대 메뉴를 시켰어요. 슈니첼과 감자튀김, 마요네즈를 받아들고 스탠드테이블 앞에 섰습니다. 판매대가 잘 보이는 자리에서 천천히, 튀김기가 종이그릇에 부려놓은 마술 같은 음식을 먹으면서요. 대부분의 손님들은 무표정한 얼굴로 음식을 주문해 가능한 한 빨리 뱃속으로 밀어넣은 다음 남은 것들은 휙 버리고 가던 길을 계속 갔습니다. 그런데 한 사람이 눈에 띄었습니다. 삼십대 초중반으로 보이는 남자였는데 금테 안경을 쓰고 특이한 스카프를 두르고 있었죠. 주인이 뭘 먹겠느냐고 묻자 처음엔 머뭇거리다가 감자튀김 일 인분과 콜라를 주문하고 우물쭈물 돈을 내더니 테이블 앞에 앉아 간절하게 그릴 쪽을 바라보았습니다.

알겠다, 저는 생각했습니다! 그는 바로 절망한 베

지였어요. 저는 백 퍼센트 확신했어요. 움푹 들어간 눈, 너무 헐렁해진 옷과 무엇보다 주문에서요. 그는 콜라와 감자튀김을 주문함으로써 채식주의자로서 자신에게 허락된 것 중 가장 건강에 좋지 않은 음식을 받아냈지만, 그럼에도 눈길은 간절히 소시지를 향해 있었죠. 저도 끔찍한 시기에 가끔 도로변에 서서 고기가 있는 세상으로 돌아가기를 염원했으니까요.

아마 저는 무심하게 그에게 말을 붙였을 겁니다. 한밤의 도로변 간이식당에서는 그게 특별한 일도 아니니까요. 밤 외출을 한 두 사람 사이의 대화요. 간이식당 아저씨가 소시지 드리는 걸 잊었나보네요. 제가 그에게 의뭉스럽게 물었습니다. 아뇨, 그가 말했죠. 아쉽게도 저는 채식주의자라서요. 마음은 굴뚝같지만 소시지를 주문하지 않았다고 했습니다. 늦은 시간이라 마음을 터놓기 좋았어요. 대낮 같았으면 결코 그런 식으로 답하지 않았을 테죠. 소시지 하나쯤은 주문할 수 있지 않느냐고, 저는 그에게 제안했습니다. 보는 사람도 없고 저 역시 누구에게도 말하지 않겠다고요. 아니요, 그런 일은 없을 거예요. 불쌍한 동물들에게도 당신 여자친구에게도 절대 말 안 할게요. 저는 이런 농담도 걸어보았습니다. 당신 여자친구가 분명 저 소시지에 들어 있지는 않을 거 아니냐고요. 우리 둘은 함께 웃었죠. 그는 제 말이 맞다며 결국 기다란 비엔나소시지를 주문하더군요. 맛좋은 80센티미터 분리육을요. 1번 처리 완료. 그리 어렵지도 않군, 저는 생각했습니다.

그 주에 저는 열두 명도 넘는 베지를 도로변에서 해치워버렸어요. 우리가 당시에 말했듯이요, 형사님. 며칠이 지나자 저는 먼발치에서도 그들을 알아보게 되었죠. 줄 서는 모습을 보면 알 수 있었어요. 슬쩍 눈길을 던졌다가 그냥 지나치려고 해보지만 역시나 줄을 서고 말죠. 자정과 그후가 최적의 시간이었어요. 가끔 제가 자정이면 무덤을 파고 나와 다른 사람들을 피를 좋아하는 괴물로 만들어버리는 뱀파이어처럼 생각될 때도 있었습니다. 기분이 째지더라고요. 주인은 벌써 저를 알아보고 가끔 폴란드식 삶은 소시지를 서비스로 주기도 했죠. 제가 매상에 득이 된다는 걸 알았으니까요.

  낮에는 보도에서 전단지를 나눠줬습니다. 이런 문구였죠. '식물을 좋아하세요?' 저는 사람들과 대화를 시도했습니다. 누가 아니라고 하겠습니까? 그러면 저는 그들에게 설명했죠. 식물이란 얼마나 굉장한지, 아이 손가락만한 어린 식물의 보드라운 뿌리가 어머니인 대지를 어떻게 붙들고 있는지, 또 예를 들어 곡식 줄기가 그들 생에서 한창일 때 잘려나가 타작된다는 것이 얼마나 끔찍한 일인지 말입니다. 아니면 보드라운 채소 이파리나 풍성한 버섯들도요! 그들이 정말 식물을 보호하기 위해 뭔가 하고자 한다면 아주 간단한 방법이 있다고 말하는 겁니다. 전단지를 한번 들여다보라고요. 거기에는 대충 이런 내용이 쓰여 있었습니다. 고기를 먹어야 한다는 거죠. 대부분의 사람들을 위해 아주 반가운 소식인 겁니다. 힘들이지 않고 좋은 일 하기.

저는 당연히 **육식파 친구들**의 다음 모임을 오매불망 기다렸죠. 제가 과제를 할당량 이상으로 충족시켰다는 소식을 전할 수 있을 테니까요. 열두 명도 더 되는 베지를 다시 옳은 길로 선도한 건 초보자로서 나쁘지 않은 성과였죠. 저는 적당히 짧게 경과를 보고했지만, 마저럼으로 구이용 소시지 원료를 양념하듯이 저의 승전보에 작은 디테일들로 양념을 쳤어요. 그럼에도 사람들은 성취에 대한 저의 자부심이 느껴졌던 모양입니다. 참석한 사람들이 제게 미소를 지어 보였죠. 베르트 육수맛내기만 내내 시큰둥했습니다. 증거가 있느냐고 그가 물었어요. 그리고 이상하다고 했죠. 진짜 베지들이 그렇게 아무 문제 없이 소시지 소비에 다시 발을 들였다면, 아주 오래 채식을 해온 건 아닐 거라면서요.

저는 실망스러운 기색을 감추려 애썼어요. 형사님.

왜냐하면 제가 누구보다 인정받고 싶었던 사람은 저의 멘토였으니까요. 그럼에도 그는 그저 험악하게 바라보며 저의 다음 과제에 대해 얘기할 따름이었습니다. 조금 더가 아닌, 몇 배는 어려워 보이는 그것을요. 우리는 유기농 채식을 공급하는 대형 주방의 수프 재료에 남몰래 고기찌꺼기를 집어넣고자 했습니다. 그것으로 비건식 수프를 진한 육수로 탈바꿈시키는 거죠. 효과는 두드러지지만 그만큼 큰 위험이 도사린 활동이기도 했습니다. 우리는 완전무장을 한 초식파들이 그 부지를 지키고 있다가 주저 없이 우리를 쏘아죽일 거라 예상하는 데서 시작해야 했죠. 그러나 성공한다면 현격한 의미가 있는 활동이 될 것이었습니다. 그렇게 되면 한 방에 수백 명의 탈진한 채식주의자에게 다시 에너지와 희망을 줄 수 있을 테니까요. 수천 명이 아니라 수백 명이라 해도 우리의 육수와 함께 다시 희망을 일궈낼 것입니다. 과거 오디세우스만이 이뤘던 트로이의 영광을 우리가 다시 한번 재현하는 거였죠.

그는 늘 우리라고 복수를 썼다고 제가 말씀드렸죠. 그러면 누가 또 이 활동에 참여하나요? 당연하죠, 베르트는 말했습니다. 이런 활동에는 경험 있는 활동가가 함께해야 합니다. 게다가 이런 역사적인 도전에 리더가 뒤로 물러나 있을 수는 없다고도 했어요. 그래서 그는 스스로 조력자를 자처했습니다. 육식파 모임이 낮게 술렁였습니다. 아마 그건 대단히 이례적인 일이었고, 그렇게 저는 제 일의 가치를 엄청나게 인정받았습니다. 원시적인 제의로 엑스트라롱 사이즈의 구운 소시지를 돌렸고, 육식파 친구들 모두가 조금씩 베어물며 우리에게 행운과 성공을 빌어줬습니다. 베르트가 첫번째로 한입 물었고, 저는 마지막 순번으로 소시지 꽁무니를 먹어치우는 것이 허락되었습니다. 그것으로 저는 감동도 함께 삼켰습니다. 다음날 이른 아침이면 시작이었습니다. 베르트 육수맛내기는 헤어지면서 저더러 가볍고 활동적인 옷을 입고 대기하라고 말했습니다.

다음날 아침 베르트가 일찍부터 현관 초인종을 눌렀습니다. 저는 미처 준비가 다 끝나지 않아 그를 잠깐 들어오게 했죠. 제가 재킷을 입고 배낭을 메는데 육수맛내기가 갑자기 자제력을 잃고 격분했습니다. 독거미에 쏘인 듯 그는 제 부엌으로 달려갔습니다. 그는 방방 뛰며 소리를 질렀어요. 거기서 초록색 콩 몇 개를 발견했기 때문이었죠. 싱크대 옆에 무심히 놓여 있던 고작 한 줌의 콩을요. 저는 이제 채식주의자가 아니었지만 슈니첼 접시에 담긴 깍지콩 정도는 여전히 맛이 좋았죠. 그러나 육수맛내기는 분노를 제어하지 못했습니다. 대체 아직도 뭐가 뭔지 모르는 건가? 육식과 지하조직을 정말 진지하게 생각하긴 하는지 아니면 그저 유행 따라 육식주의자가 되려는 건지, 그것도 아니면—그보다 더 나쁜 경우인데—비건의 프락치, 스파이는 아닌가? 콩이 모든 채소 중 가장 나쁜 것인 줄, 저 저주스러운 두부를 콩으로 만든다는 걸 알고는 있는 건가? 대체 어느 편인가?

저는 그를 진정시키려고 애썼죠. 그리고 제가 여전히 확실한 육식주의자이며 아주, 아주 소량의 채소만 먹겠다고 했어요. 심지어 냉장고까지 열어 보였습니다, 형사님. 그리고 안에 있는 닭의 포일을 벗기고 이로 생다릿살 한 조각을 물어뜯었습니다. 오로지 베르트 육수맛내기를 진정시킬 목적으로요. 하지만 그것으로도 그의 마지막 의심을 씻어내지 못했다는 걸 그의 눈을 보고 알았습니다.

우리 임무를 위한 운명의 그날 그렇게 우리는 출발했습니다. 저는 전날 제대로 잠을 못 잔데다 콩 때문에 양심의 가책이 들고 과격한 비건들과 제 옆 **육식파 친구들**의 리더이자 불신에 찬 육수맛내기 때문에 불안했습니다. 이해하시겠지요, 형사님, 저는 신경이 너무 날카로워 견딜 수 없을 지경이었습니다.

베르트는 자동차를 몰고 왔어요, 어디로 가는지는 그만이 알고 있었죠. 우리는 북쪽으로 갔습니다. 차가

돌연 '유로파 정육가공품' 앞에 멈추고 저의 가장 고통스러웠던 시기에 가장 잘 알고 있던 붉은 녹빛 정문이 열리기를 기다릴 때 제가 얼마나 놀랐는지 형사님은 상상도 못하실 거예요. 놀란 저는 육수맛내기를 바라보며 물었습니다. 우리가 여기서 뭘 하느냐고, 이곳에 유기농 채식주의자들의 주방이 감춰져 있을 리 없지 않느냐고요. 당연히 아니죠, 베르트가 웃었습니다. 여기서 육수에 넣을 고기와 뼈를 가져갈 거예요. 공장은 **친구들**의 절친한 후원자 소유인데, 말하자면 그는 우리의 고기 냄비인 셈이라고요.

우리는 지게차 하역장 바로 앞으로 차를 몰았죠. 피 얼룩이 진 앞치마를 입고 검은 고무장화를 신은 노동자 하나가 커다란 양동이 두 개에 뼈와 내장을 담아왔습니다. 신선한 피냄새를 풍기는 양동이들을 곧바로 우리의 트렁크에 실었습니다. 베르트가 보호 목적으로 천막용 비닐을 깔아놓았던 차에서 고기 냄새가 나더라고요. 그는 숨을 한 번 들이마시더니 세상에서 이보다 더 좋은 냄새는 없을 거라고 했습니다. 저도 소심하게 동의했지만 가벼운 욕지기가 느껴져 괴로웠어요. 베르트는 지게차 하역장 옆 몇 미터 떨어진 곳에 차를 세웠습니다. 우리는 사장실로 올라가야 했죠. 그와 적어도 잠깐 악수 정도는 나눌 수 있도록 말입니다.

가공 라인을 따라 공장 복도를 지나온 우리는 톱으로 두 동강이 나 내장이 끄집어내지고 부위별로 썰리고 있는 한 마리 돼지와 사실상 나란히 걷는 셈이었습니다. 형사님, 이해하셔야 합니다. 저는 피곤하고 긴장되고 초조했고, 그래서 금세 속이 안 좋아졌습니다. 살면서 가장 끔찍한 시간이었어요. 다른 사람들은 이런 경우 술에 취했다고 발뺌하겠죠. 저도 그날 조금 술에 취했더라면 아마 진정이 되었을 겁니다. 아마 좀 더 사려 깊게 행동했겠죠!

여하튼 사장실로 들어가 두 눈을 의심할 수밖에 없는 광경과 마주했을 때, 저는 완전히 제정신이 아니었습니다. 사장실의 책상 바로 뒤에, 사장 의자에 앉아 있는 사람은 다름 아닌 톰 두부였습니다! 거기서 그는 새하얀 도축업자 작업복을 입고 커다란 책상 뒤의 까만 가죽의자에 왕처럼 앉아 있었어요. 책상에는 필기구 몇 개와 무슨 우승컵 같은 것만 덩그러니 놓여 있었고요. 깨어날 수 없는 나쁜 꿈을 꾸는 듯했습니다. 저는 조금도 놀란 기색이 없는 베르트를 바라보고, 마찬가지로 침착한 두부를 바라보았습니다.

"당신―아니, 너?" 저는 그저 어쩔 줄 모르고 말을 더듬었습니다. 이럴 수가. 톰 두부는 제게 반갑게 인사했습니다. 이렇게 다른 상황에서 다시 만나게 되어 기쁘다고요. 사람은 살면서 두 번은 만난다더니 지금이 바로 그런 경우인가보다고요.

 육수맛내기를 건너다보며 머뭇거리던 것도 잠시, 저는 이건 배신이라는 거창한 몸짓으로 두부를 가리키며 베르트에게 말했습니다. "여기, 이 남자가 톰 두부예요. 채식주의의 선두주자요." 제가 뭘 기대했는지 모르지만 그 말에 베르트 육수맛내기가 고개를 끄덕이는 반응은 확신히 아니었어요. 네, 물론 알고 있다고 했어요. 두부는 좋은 친구인데 고약한 취미가 있다는 것이었습니다. 채식주의자를 다시 옳은 길로 끌어들이는 그의 방법은 그들의 채식주의를 그토록 가속화시키는 것이라고요. 아주 인정사정없이 몰아붙여 다시 돌아올 수밖에 없도록 하는 것요.

하지만, 제가 물었습니다. 돌아올 수 없는 사람들은요, 그들은 뭡니까. 가족을 잃고, 건강을, 실존을 잃은 사람들은요? 두부는 사장 의자에 앉은 채 교활하게 웃어 보일 뿐이었습니다. 에이, 약간의 손해는 언제나 따르는 법이죠. 저는 책상을 뛰어넘어 그에게 달려들었습니다. 약간의 손해? 저는 고함을 질렀습니다. 약간의 손해? 내 삶이 송두리째 망가졌는데, 내 아내가 떠나고, 내 일자리도 내 페니스도 똑같이 사라졌는데, 그걸 약간의 손해라고 말하는 거야, 지금. 저는 이미 한참 전부터 그의 목을 조르고 있었습니다.

베르트 육수맛내기가 같이 달려들어 저를 두부에게서 떼어놓으려고 했죠. 그러나 그도 저의 용광로처럼 타오르는 분노에서 비롯된 초인적인 힘은 당해내지 못했죠.

  톰 두부는 여전히 실실 웃고 있었습니다. 육수맛내기가 저의 어깨를 당기고, 저는 둘 사이에 꿇어앉아 대체 어떻게 할 것인지 고민하기 시작했습니다. 그때 갑작스레 그의 책상에서 반짝이는 금속성의 물체, 묵직한 우승컵이 바닥으로 떨어지다 톰 두부의 두개골에 부딪혀 멈췄습니다. 마치 슬로모션처럼, 더없이 또렷하게, 저는 그 장면을 하루에 수천 번씩 봅니다. 트로피의 대리석 받침에 '그랑프리 최고의 소시지'라고 쓰여 있었는데, 거기 매달린 소시지 꽁무니가 두부의 뇌를 뚫고 들어갔어요. 그의 눈에 비쳤던 무아지경의 눈빛을 저는 영원히 잊을 수 없을 겁니다. 그는 즉사했습니다. 베르트 육수맛내기가 소리를 지르며 드디어 저를 놔주고 방을 뛰쳐나갔습니다. 아마 경찰을 부르러 간 거였겠죠. 저는 멍하니 두부의 사장 의자에 앉았습니다. 잠시 후 나타난 형사님의 동료분들이 저를 발견했던 자리에요.

  동료분들은 제가 저항하지 않았다는 것을 증언해줄 겁니다. 저는 체포되어 기뻤고, 솔직히 말해 여전히 기쁩니다. 저를 이렇게 오래 심문해주셔서 감사합니다, 형사님. 누군가 제 말에 이렇게 오래 귀기울여준 기억이 아득합니다. 아니, 아마 처음인 것 같습니다. 저는 선처를 혹은 관용을 베풀어달라고 부탁하지 않겠습니다. 아니, 정반대로 저를 가능한 한 오래 감금해주셨으면 좋겠습니다. 부탁입니다. 제게는 창살 밖의 자유로운 삶이란 없습니다. 저 밖에서는 두 번 다시 안전해질 수 없을 겁니다. 목숨을 걸지 않고는 길을 건널 수도, 레스토랑에 갈 수도, 이 세상 어느 간이식당에서 먹을 수도 없을 거예요. 채식주의자들이 볼 때는 그들의 지도자를, 육식주의자들이 볼 때는 가장 중요한 후원자를 제가 살해했으니까요. 너무나 모순된 이야기로 들리지만, 그들 모두 옳습니다.

    그러므로 모든 육체는 풀과 같고
    인간의 그 모든 영광은
    풀에 핀 꽃과 같다.
    풀은 마르고
    꽃은 떨어지지만.
    「베드로전서」 1장 24절

WURST UND WAHN

옮긴이의 말

　대형마트의 정육 코너가 식품부에서 분리되고, 도살된 가축들의 모습이 청소년 위해 판정을 받아 미성년자 출입금지 구역이 된다면? 야콥 하인의 『소시지와 광기』를 읽다보면 이 허무맹랑하게 들리는 일들이 충분히 일어날 수 있을 것만 같다. 작품은 살인사건에 연루된 한 채식주의자의 조서 형식으로 진행된다. 어느 날 돌아보니 주변에서 아직도 고기를 먹는 사람은 나 하나뿐이다. 세상의 허다한 유행처럼 '채식'은 가장 앞서가는 '트렌드'가 되어 있다. 동네 정육점들이 하나둘씩 문을 닫고, 유기농상점, 채소가게, 생과일 주스와 공정무역커피를 파는 가게들이 그 자리를 대신한다. 레스토랑에서는 모든 메뉴를 채식으로 바꾸고, 포장마차와 간이식당에서도 고기라고는 눈을 씻고 봐도 찾을 수 없다. '늘 가는 이탈리아 식당'에서 열린 크리스마스 회식 자리에서 나는 그곳의 12월 특선 메뉴인 독일 전통음식 '삶은 붉은 보라색 양배추를 곁들인 거위넓적다리와 클뢰세'를 시킨다. 그 모습을 본 동료들에게서 "아직도 고기 먹어요?"라는 경멸의 시선과 함께 무자비한 공장형 축산의 폐해와 환경 오염에 대한 일장연설이 쏟아진다. 그 앞에서 차마 거위 다리를 마음껏 먹지 못하고 나온 나는 채식주의자가 되기로 결심한다. 꿈에서 희석된 육즙을 마시고, 어딜 가나 고기의 환영이 괴롭힌다. 온라인에서 '톰 두부'라는 블로거를 만나게 된 나는 그의 조언으로 채식주의자로 넘어가는 과정의 고통을 톰 두부의 이름으로 블로그에 올리며 고기 없는 하루하루를 견뎌간다. 그러나 결국은 가족도 잃고, 급기야 거세까지 하게 된다. 그런 그 앞에 어느 날 '육수맛내기69'가 나타나 다시 고기를 먹으라고 권유한다. 실명이 베르트인 그는 말한다. 당신이 채식주의자가 되건 말건 도살될 가축들은 도살된다. 당신의 알량한 '베지테리어니즘'으로 인해 도살된 고기가 곧장 쓰레기통으로 들어가야겠는가. 환경보호라고! 쳇, 언제부터 가축들이 환경을 오염시켰나. 이 세상에서 환경을 오염시키는 동물이 있다면 단 한 종, 채식주의자들뿐이다. 풀만 뜯어먹고 방귀를 뺑뺑 뀌어대는 것들. 온 세상 사람들이 채식주의자가 된다면 지구의 운명은 가스폭발로 끝날 것! 환경을 생각한다고? 이 세상에서 제일 좋은 비료가 뭔가? 바로 가축의 똥이다. 이 갑작스럽고 히스테릭한 채식주 열풍은 아무래도 두부업계의 음모가 아닐까. 한눈에도 억지스러운 육수맛내기69의 설명이지만 나는 그의 말에 기꺼이 동의하기로 한다. 다시 고기를 먹지만, 잃어버린 가족과 거세 이전의 몸은 되돌릴 수 없다. 그러던 어느 날 내게 그 모든 것을 강요하고 가장 엄격한 채식주의자가 되기를 권한 톰 두부가 육수맛내기69와 함께 내 앞에 나타난다. 가장 엄격한 채식주의자와 가장 열렬한 육식주의자가 함께 있는 이유는?

조너선 사프란 포어의 『동물을 먹는다는 것에 대하여』가 공장식 축산과 글로벌 환경문제, 채식에 대한 철학적 성찰에 가까운 글이라면, 그로부터 몇 해 뒤 발표된 이 책은 채식주의의 한편에 도사리고 있을지 모르는 종교적인 측면, 그것이 이데올로기화될 가능성에 대한 반발이다. 야콥 하인은 〈도이칠란트 라디오〉와의 인터뷰에서 그 스스로 사프란 포어의 책을 읽은 다음 고기를 먹지 않게 되었지만, 스스로를 '채식주의자'라고 부르는 것은 거부한다고 밝혔다. 유행처럼 번져가는 독일 내의 채식주의에 뭔가 불편한 면이 있다는 것이다. 나는 '채식주의자'이기 때문에 너희보다 나은 사람이다, 그렇게 믿는 순간, 채식주의는 이

데올로기화된다. 참여하지 않으면 나만 도태될 듯한.

  수년 전 인터뷰 때 만났던 작가는 어릿광대가 공놀이하듯 머릿속을 맴도는 소재나 인물을 가지고 놀다가 그냥 툭 떨어뜨린 다음 그것이 굴러가는 방향을 따라가 보는 것이 자신의 글쓰기 방식이라고 했다. 예술의 의무란 오로지 '의무가 없어야 한다'는 것이라 생각한다고. 『소시지와 광기』의 출간을 앞둔 지금, 작가와 의사 중 하나만 선택해야 한다면 주저 없이 '작가'라고 말하던 그의 밝은 표정이 떠오른다.

박경희

옮긴이 박경희
독일 본대학교에서 번역학과 동양미술사를 공부하고, 영어와 독일어 번역가로 일하고 있다. 『숨그네』『청춘은 아름다워』『옌젠 씨, 하차하다』『흐르는 강물처럼』『행복에 관한 짧은 이야기』『맨해튼 트랜스퍼』『암스테르담』『첫사랑, 마지막 의식』 등을 우리말로 옮겼으며, 한국 문학을 독일어로 번역해 해외에 소개하는 일을 하고 있다.

문학동네 세계문학

소시지와 광기

초판 인쇄 2025년 4월 14일 | 초판 발행 2025년 4월 28일

지은이 야콥 하인 | 옮긴이 박경희
책임편집 고선향 | 편집 임선영 이예준 황문정
디자인 최효정 유현아 | 저작권 박지영 형소진 오서영
마케팅 정민호 서지화 한민아 이민경 왕지경 정유진 정경주 김수인 김혜원
    김예진 나현후 이서진
브랜딩 함유지 박민재 이송이 김희숙 박다솔 조다현 김하연 이준희
제작 강신은 김동욱 이순호 | 제작처 상지사

펴낸곳 (주)문학동네 | 펴낸이 김소영
출판등록 1993년 10월 22일 제2003-000045호
주소 10881 경기도 파주시 회동길 210
전자우편 editor@munhak.com
대표전화 031)955-8888 | 팩스 031)955-8855
문학동네카페 http://cafe.naver.com/mhdn
인스타그램 @munhakdongne | 트위터 @munhakdongne
북클럽문학동네 http://bookclubmunhak.com

ISBN 979-11-416-0998-6 03850

잘못된 책은 구입하신 서점에서 교환해드립니다.
기타 교환 문의 031)955-2661, 3580

www.munhak.com